LES AMÉRICAINES.

LES AMÉRICAINES

O U

LA PREUVE

DE LA RELIGION CHRÉTIENNE

PAR LES LUMIÈRES NATURELLES ;

Par Mme. LEPRINCE DE BEAUMONT.

Tome Sixième.

NOUVELLE ÉDITION.

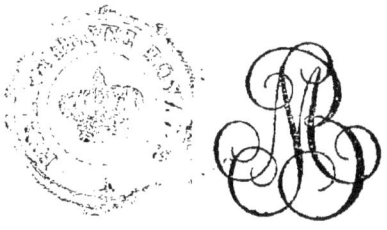

PARIS,

Chez { SAINTMICHEL et BEAUCÉ, Libraires, rue des Fossés-St.-Germain-des-Prés, n°. 14; BRUNOT-LABBE, Libraire de l'Université Impériale, quai des Augustins, n°. 33.

1811.

Noms des Personnages qui paroîtront dans ce Volume.

Un CALVINISTE , Rigoriste et Ministre.
Un Ministre ARIEN.
Un Ministre LUTHÉRIEN.
Un Ministre ANGLICAN.
Un Ministre TOLÉRANT.
Lady S.
Un RABBIN.
Un ARMINIEN:
Les Interlocutrices ordinaires.

LES AMÉRICAINES,

OU

LA PREUVE

DE LA RELIGION CHRÉTIENNE

PAR LES LUMIÈRES NATURELLES.

SIXIÈME PARTIE.

PREMIÈRE JOURNÉE.

MADEM. BONNE.

Nous devons aujourd'hui, Mesdames, parler des sacremens qui sont reconnus comme tels dans l'Eglise catholique. J'ai à vous prouver qu'elle n'a rien innové à cet égard, et qu'on voit ces sacremens reçus et pratiqués dans l'Eglise dès son origine. Rappelez-nous, lady Méry, la signification du mot *Sacrement.*

LADY MÉRY.

C'est en général un signe sensible, par lequel une chose invisible est signifiée ; et comme les sacremens de la loi nouvelle donnent la grâce, il faut nécessairement qu'ils aient été institués par notre Seigneur Jésus-Christ, qui seul peut la donner.

LE CALVINISTE.

Selon cette définition, qui est très-juste, que vont devenir les sept sacremens de l'Église romaine? car il est notoire par l'évangile, que Jésus n'en a établi que deux, qui sont le baptême et la sainte cène. L'évangile, qui nous marque expressément l'institution de ces deux sacremens, nous auroit parlé des autres s'ils eussent existé.

LE RABBIN.

Je ne sais pas s'il est vrai que l'évangile ne dise rien des cinq autres sacremens; mais je sais que saint Jean nous avertit très-expressément que tout ce que Jésus a dit et a fait n'a point été écrit. Nous l'avons déjà remarqué, Monsieur; ainsi, quand même il seroit vrai que l'évangile ne dît rien de ces sacremens, il n'en faudroit pas conclure qu'ils n'eussent pas été institués par Jésus-Christ. Votre Eglise reconnoît que la foi des quatre premiers siècles a été pure. Tout ce qu'on devoit croire et faire dans ce temps, avoit donc été établi par Jésus-Christ, et nous avoit été transmis par les apôtres, soit qu'il eût été écrit ou non. Mademoiselle Bonne s'est engagée de vous prouver que l'Eglise n'a jamais varié, et qu'elle croit constamment ce qu'on croyoit dans ces premiers siècles; c'est là seulement de quoi il est question aujourd'hui : il ne vous reste qu'à nous prouver, ou qu'elle cite les faits d'une manière infidelle, ou que l'église dans son origine étoit gâtée, souillée, corrompue, et que par conséquent les promesses que Jésus lui avoit faites étoient fausses et illusoires. Dans le premier cas, il faut nécessairement vous faire catholique. Dans le second, vous devez vous faire juif et abjurer le christianisme. Au reste, je vous le répète, cette discussion n'est pas pour moi ; l'Eglise catholique m'apprend qu'il y a sept sacremens, je le crois sans hésiter.

MADEM. BONNE.

Je loue la simplicité de votre foi, Monsieur, et par la grâce de Dieu, la mienne est aussi aveugle et aussi forte ; mais cela ne m'empêchera pas d'entrer dans la discussion que j'ai promise, parce qu'il faut à ces dames quelque chose de plus qu'à nous, jusqu'au moment où elles reconnoîtront l'autorité de l'Eglise, comme nous avons le bonheur de le faire.

MISS DOROTHÉE.

Grand merci, ma Bonne! Vous nous prenez donc pour des personnes dépourvues de sens; car la parole de Jésus sur l'infaillibilité de l'Eglise est formelle ?

MADEM. BONNE.

Je l'avoue, ma chère ; mais comme ces dames, et ceux qui par la suite liront nos conférences, auront à combattre les préjugés enracinés par l'éducation, la charité chrétienne nous fait une loi de pousser nos preuves jusqu'à la démonstration.

BELESPRIT.

Ajoutez qu'il est bien satisfaisant,

après avoir plié son esprit par la foi à croire des vérités qu'on croyoit seulement sur la parole de Jésus, de trouver que la raison, éclairée par la connoissance de la divinité, nous engageroit à croire ces vérités, quand nous n'aurions pas le secours de la révélation. Je rends mal ce que j'ai dans l'esprit ; aidez-moi, Mademoiselle.

MADEM. BONNE.

Ce que vous dites me paroît clair. Par exemple, dès que je suis une fois convaincue que Jésus veut sincèrement le salut de tous les hommes, il s'ensuit deux choses : qu'il a connu les moyens les plus efficaces de nous assurer les mérites de son sang, de nous aider à lever les obstacles qui nous empêcheroient de profiter de ces moyens. N'est-il pas tout naturel à ma raison de penser qu'aucun des moyens de salut ne manque aux hommes ? Ce que ma raison me dicte, l'Eglise me l'enseigne : elle l'a cru pendant près de dix-huit siècles, elle l'a toujours enseigné ; elle s'est élevée avec force contre ceux qui vouloient attaquer ces précieux dogmes, sources de notre consolation. Qu'il m'est aisé, après cela,

1 *

dé me soumettre à cette Eglise et de croire des vérités si satisfaisantes ! Que font les hérétiques en voulant m'ôter ces moyens de salut ? Ils veulent m'appauvrir, me dénuer de mes vraies richesses. Quand il n'y auroit que cette raison, en faudroit-il davantage pour dire qu'ils sont les ennemis du genre humain ?

Le CALVINISTE.

Oui, si on vous ôtoit des biens réels ; mais si ces sacremens sont d'institution humaine, vous avouez qu'ils ne peuvent donner la grâce : en vous les ôtant, loin de vous causer un vrai préjudice, on vous fait un très-grand bien, puisque c'est vous ôter les fondemens d'une confiance fausse et illusoire.

Madem. BONNE.

C'est ce que l'examen va confirmer ou détruire. Commençons par le sacrement de la Confirmation.

Il est notoire, par la sainte Ecriture, que les apôtres, après avoir baptisé les nouveaux chrétiens, leur imposoient les mains, et qu'ils recevoient le Saint-Esprit. Simon le magicien étoit bien persuadé de l'existence de ce sacrement, lui qui offrit à saint Pierre une somme d'argent pour obtenir le pouvoir de donner le Saint-Esprit par l'imposition des mains. Cette histoire seule suffiroit pour prouver que la confirmation est un sacrement. On y voit une chose visible, qui est l'imposition des mains, et une invisible, qui est la réception du Saint-Esprit.

BELESPRIT.

J'y remarque encore une troisième chose : c'est que toutes sortes de personnes n'avoient pas le pouvoir de donner le St. Esprit par l'imposition des mains; il falloit pour cela un caractère particulier; et c'étoit ce caractère que Simon vouloit acquérir avec de l'argent.

MADEM. BONNE.

Vous avez raison, Monsieur : ce caractère ne pouvoit être donné que par les apôtres ; mais j'ai remis cette remarque au temps où nous parlerons du sixième des sacremens, qui est celui de l'Ordination des pasteurs légitimes.

LE CALVINISTE.

Cette imposition des mains que fai-

soient les apôtres, étoit-elle accompagnée du chrême et des ridicules cérémonies dont on se sert dans l'Eglise romaine? D'ailleurs, examinez quelle étoit
la suite de cette imposition des mains :
le don des langues, celui de prophétie,
celui des miracles. Pouvez-vous dire que
la chose soit la même aujourd'hui, puisqu'elle ne produit pas les mêmes effets?

Madem. BONNE.

Eh ! qui vous a dit, Monsieur, que
les chrétiens ne recevoient pas alors
l'huile sacrée, qu'on nomme chrême?
Ne la voyons-nous pas établie dès les
premiers siècles de l'Eglise? Prétendons-
nous mieux savoir ce que les fidèles ont
fait, ont reçu, ce que les apôtres ont
donné, que ceux qui étoient, pour ainsi
dire, leurs contemporains, et qui
avoient vécu avec leurs disciples? Or,
ces évêques de la primitive Eglise se
servoient du saint chrême; c'est un fait
reconnu de vos auteurs comme des
nôtres.

Le CALVINISTE.

Vous confondez, Mademoiselle;
j'avoue bien que dès-lors on avoit in-

troduit la cérémonie de marquer avec
le chrême ceux qu'on baptisoit ; mais
c'étoit si peu ce que vous appelez le sacrement de Confirmation, que les simples
prêtres pouvoient la donner ; au lieu que
selon votre Eglise il n'y a que les seuls
évêques qui puissent donner la confirmation.

MADEM. BONNE.

Je ne saurois croire que ce soit sé-
rieusement que vous fassiez cette objection : lisez , Monsieur , l'Histoire Ecclésiastique, celle des Conciles, les écrits
des Pères , considérés seulement comme
historiens ; vous y verrez, en cent endroits, que les canons ordonnent que
celui qui a été baptisé soit présenté à
l'évêque pour recevoir l'onction. Dans
la question du baptême des hérétiques , il est dit expressément que ceux
qui ont été baptisés au nom de la Sainte-
Trinité doivent se présenter à l'évêque
pour obtenir de lui l'onction. L'esprit
de l'Eglise , dans cette seconde onction,
n'étoit pas équivoque ; et un des Pères ,
dont j'ai oublié le nom , attribue la chûte
de Tertullien à ce qu'il ne l'avoit pas
reçue ; parce que la grâce de ce sacre-

ment est de nous confirmer dans la foi par la réception du Saint-Esprit. Quant à votre seconde objection, voici ma réponse : vous prétendez que la confirmation n'a aucun rapport avec l'imposition des mains, donnée, ou plutôt faite par les apôtres, parce qu'elle n'est pas suivie des mêmes effets. Il n'est point prouvé par la sainte Ecriture que la réception du Saint - Esprit fût toujours accompagnée de ces dons extérieurs et miraculeux. Secondement, ces dons n'étoient point pour ceux qui les recevoient, mais pour conduire à Jésus-Christ les peuples auxquels ils devoient annoncer l'Evangile, qui, pour croire, avoient besoin de ces marques frappantes de la toute - puissance de Dieu. Enfin, je ne doute pas que, de nos jours, Dieu ne renouvelle de temps en temps ces merveilles chez ceux auxquels l'Evangile est annoncé pour la première fois.

LE CALVINISTE.

N'allez-vous pas nous citer les miracles de vos missionnaires dans le Nouveau-Monde et dans les Indes ? Mais je vous avertis que nous tenons pour faux tout ce qui nous vient par ce canal. Qui ne connoît les motifs de ces sortes de gens, qui ne vont dans ces régions inconnues que par ambition, et que pour acquérir des richesses?

Miss DOROTHÉE.

Ne jugez pas et vous ne serez pas jugé. Voilà bien le cas, Monsieur, d'appliquer ce précepte de Jésus-Christ, dont vous avez eu la bonté de nous faire souvenir. Les actions de ces gens-là sont bonnes en elles-mêmes; laissez à Dieu le jugement de leurs motifs.

Madem. BONNE.

Ne nous écartons point de notre sujet, je vous prie. Le Saint-Esprit n'avoit pas été promis aux seuls fidèles de la primitive Eglise, mais à tous les chrétiens en général; et nous voyons, par la pratique constante de tous les siècles, que les fidèles ont cru, depuis les apôtres, que cette faveur leur étoit accordée par l'imposition des mains de l'évêque: cette imposition étant le signe sensible de ce sacrement, ces Messieurs n'ont à nous opposer que des conjectures dé-

nuées de vraisemblance contre des faits ;
et en dispute réglée, même pour les affaires temporelles, une affirmation l'em-
porte sur dix négations.

LADY LOUISE.

Je ne comprends pas du tout ce que
vous venez de dire, ma Bonne ; ayez
la bonté de nous l'expliquer.

MADEM. BONNE.

Un homme d'honneur et de bon sens
vous assure qu'il vient d'être témoin
d'un événement singulier. Dix personnes
qui viennent du même endroit vous
assurent qu'elles n'en ont point entendu
parler. La chose, pour cela, n'en sera
pas moins crue de ceux qui connoissent
le premier témoin, parce qu'il est plus
aisé de penser que certaines circonstances ont dérobé la connoissance de ce
fait aux personnes qui l'ignorent, que
d'imaginer qu'une personne telle que
je l'ai dite, voulût se déshonorer par un
mensonge. Les livres sacrés m'ap-
prennent que du temps des apôtres
le Saint-Esprit descendoit sur ceux auxquels on imposoit les mains ; je vois les
évêques de la primitive Eglise imposer

les mains à la même fin : cette pratique
s'est perpétuée jusqu'à nous. Voilà, ce
me semble, des affirmations trop positives pour qu'elles puissent être in-
firmées par les négations de ces Messieurs.

MISS DOROTHÉE.

Outre que les dons extérieurs, comme
celui des miracles, etc......., étoient en
quelque sorte nécessaires dans le temps
de la primitive Eglise, je crois voir
encore une autre cause de la cessa-
tion de ces effets miraculeux qui
suivoient la réception du Saint-Esprit,
dans la confirmation. Les premiers
chrétiens le recevoient au sortir des
eaux du baptême ; leur innocence et
leur ferveur n'opposoient aucun obstacle aux dons du Saint-Esprit qu'ils recevoient avec plénitude. Les dispositions avec lesquelles on le reçoit aujour-
d'hui étant de beaucoup inférieures à
celles qu'on y apportoit alors, il ne faut
pas s'étonner si les effets en sont différens.

L'ANGLICAN.

On ne vous nie pas l'ancienneté de
cette pratique ; elle est salutaire, c'est

le renouvellement des promesses du baptême : aussi nous l'avons conservée, mais nous n'accordons point qu'elle soit un sacrement.

MADEM. BONNE.

Comme le refus que vous faites de la recevoir pour telle n'est point fondé, que je vous défie de me prouver que la promesse de recevoir le Saint-Esprit ait été bornée aux premiers fidèles, je suis autorisée à rejeter votre négation.

LE RABBIN.

Et la raison vous en fait une loi, indépendamment de l'autorité de l'Eglise. Je vois une pratique qui vient des apôtres, et conséquemment de Jésus ; j'y trouve, comme dans le baptême, un signe sensible, une grâce invisible ; je suis donc autorisé à la regarder comme un sacrement, puisqu'elle a les caractères qui le constituent : cela est clair.

MADEM. BONNE.

Je ne vous parlerai point du sacrement de pénitence dont nous avons traité amplement. Voyons celui de l'extrême-onction.

Le CALVINISTE.

N'allez - vous pas nous rappeler à l'épître de saint Jacques, que nous ne recevons pas comme ayant été écrite par lui ?

Madem. BONNE.

Nous avons déjà prouvé bien des fois, Monsieur, qu'il y a beaucoup de choses que vous ne recevez pas, et qui n'en sont pas moins recevables. Saint Augustin, dans son *Traité de la Foi et des OEuvres*, reconnoît cette épître. Le pape saint Innocent, Rufin, Sozomène, auteurs très-contemporains, par comparaison à Luther et à Calvin, nous assurent que cette épître étoit regardée, long-temps avant eux, comme venant de saint Jacques : leur témoignage vaut bien le vôtre. *L'esprit,* disent vos synodes, *nous a fait distinguer que cet ouvrage et plusieurs autres ne sont pas écrits par inspiration, qu'ils ne sont pas écrits par ceux auxquels on les attribue.* Mais le même esprit a décidé, à Dordrecht, que les plus grands crimes ne pouvoient faire perdre la grâce aux prédestinés, et qu'il leur en ôtoit seulement le sentiment. Or, je vous le demande, étoit-ce le Saint-Esprit qui a porté cette belle décision?

Le RABBIN.

Je suis de bonne composition. Supposons, pour un moment, que cette épître n'a pas été écrite par saint Jacques: toujours faudroit-il dire qu'elle seroit d'un auteur contemporain des apôtres, puisqu'on la lui a attribuée, que l'usage de l'extrême-onction a été établi en conséquence de cet écrit. Voilà la supposition la plus favorable à votre sentiment.

Le CALVINISTE.

Il n'y auroit plus de dispute, si l'Eglise romaine le donnoit comme tel, sans en faire un sacrement.

Le RABBIN.

Cette pratique, Monsieur, selon l'expression de l'épître, donne la grâce. Or, tout ce qui donne la grâce est d'institution divine, Jésus seul pouvant la donner. Cette grâce est donnée par un signe extérieur et sensible; elle est donc un sacrement, selon la définition de vos catéchismes. Or, seroit-il possible qu'au-

cun des apôtres, qu'aucun des Pères,
qu'aucun des conciles ne se fût inscrit
contre une cérémonie qu'on présentoit
comme un sacrement, quoiqu'elle ne
fût que d'institution humaine? Voyez
avec quel soin les apôtres, les Pères et
les conciles s'élevoient contre toutes les
nouveautés dans des choses bien moins
importantes que celle-là. Ont-ils laissé
établir et pratiquer cette cérémonie sans
désabuser les fidèles? ils ont trahi leur
ministère, et l'Eglise des premiers temps
n'a point été pure, c'est-à-dire, pour
parler comme il faut et conséquemment,
qu'il n'y a jamais eu d'Eglise.

LADY LOUISE.

Pour couronner ces preuves historiques par une qui soit plus encore à
notre usage, expliquez-nous, ma Bonne,
quelle est la fin de l'extrême-onction,
et des autres choses que vous nommez
sacrement? Si cette fin est digne de
Dieu, c'est un grand préjugé pour ces
cérémonies.

MADEM. BONNE.

Rien de plus digne de la bonté infinie
de Dieu et de son amour pour l'Eglise,

que l'institution des sept sacremens : vous en allez juger vous-même. Le baptême sanctifie notre entrée dans la vie chrétienne, en nous faisant enfans de Dieu, et en nous enrichissant des dons spirituels. La confirmation nous revêt des armes du salut pour combattre nos ennemis invisibles. La sainte eucharistie nous apporte le germe de l'immortalité, nourrit notre ame tout le temps de notre vie, et nous offre un moyen admirable de commencer à jouir de Dieu dans le temps, comme nous espérons de le faire dans l'éternité bienheureuse. Le mariage sanctifie l'état le plus commun dans le christianisme ; il nous fournit les grâces nécessaires pour adoucir la pesanteur des chaînes de cet état, pour élever chrétiennement des enfans à l'Eglise et des citoyens au ciel. L'ordre nous donne des pasteurs pour nous conduire dans les pâturages qui seuls donnent la vie éternelle, et nous indiquer le lieu où nous devons chercher le dépôt de la foi, que Jésus a mis en sûreté entre leurs mains : c'est à la succession légitime de ces pasteurs que nous reconnoissons ceux qui le sont légitimement ;

c'est elle qui nous apprend à les distinguer d'avec les mercenaires. Le seul
moment de la mort, moment le plus
important puisqu'il décide de notre
éternité, n'auroit-il pas des secours par-
ticuliers et qui lui fussent propres ? La
sagesse et la bonté infinie, la richesse
sans bornes, se devoient le plan le plus
grand et le plus magnifique dans l'établissement de son Eglise : or, ce dernier
des sacremens devoit entrer dans ce plan.
L'onction qui s'applique sur nos sens
est le signe extérieur et sensible du sang
de Jésus-Christ, qui nous est donné
pour achever de purifier notre ame des
souillures qu'elle a contractées par les
sens dans le cours de son pélerinage.
Quoi de plus digne de la bonté de Dieu
que cette fin ? Quoi de plus propre à
exciter en nous la douleur de nos péchés, notre reconnoissance envers ce
Dieu libéral et miséricordieux ? Cette
cérémonie ne paroît lugubre qu'à ceux
dont la foi n'est pas bien vive ; et rien
ne peut être plus consolant pour les
vrais chrétiens. Un pauvre malade voit,
pour ainsi dire, les cataractes de la miséricorde de Dieu s'ouvrir en sa faveur :

si l'enfer conjuré n'oublie rien en ce
moment pour le perdre, les secours se
multiplient en sa faveur, et lui four-
nissent, par l'application des mérites et
du sang de Jésus-Christ, une force suf-
fisante pour sortir victorieux de ce combat. Ah! ce sacrement est digne de Dieu;
et dès-là, lorsque l'Eglise me le présente
comme lui ayant été donné par Jésus,
mon esprit se plie sans peine à croire
qu'il l'a institué.

LE CALVINISTE.

Comme s'il avoit besoin de cette mo-
merie et de cette onction faite avec de
l'huile, pour nous appliquer les mérites
du sang de Jésus-Christ !

MADEM. BONNE.

Comme s'il avoit besoin d'eau dans le
baptême, de pain et de vin dans l'eucharistie, pour réaliser les grâces qu'il
vouloit nous faire ! Les hommes ne se
déshabitueront-ils point de vouloir con-
trôler les œuvres de Dieu, et de fixer la
manière dont il nous distribue ses grâces,
selon leur imagination petite et étroite?

LADY LOUISE.

Si la religion catholique n'est pas la

meilleure, avouez du moins, Monsieur, qu'elle est la plus consolante. Que d'abondans secours ceux de cette communion n'ont-ils pas qui nous manquent! Ajoutez à tous ceux dont ma Bonne vient de nous faire le détail, ceux que nous procure le sacrement de Pénitence, qu'elle a oublié, et qui me paroît le plus consolant de tous. Qui peut se flatter d'avoir la contrition parfaite, c'est-à-dire cette horreur du péché, qui n'a que l'amour divin pour principe? Un catholique qui fait tout ce qui est en son pouvoir pour s'exciter à la douleur, est obligé de croire que la grâce du sacrement supplée à ce qui lui manque. Que cela est satisfaisant! Mais que dire de ceux qui sont persuadés qu'ils reçoivent réellement Jésus-Christ dans l'eucharistie ; qui croyent que sans cesse, sur nos autels, il s'offre à son père, et qu'ils peuvent à chaque instant se prosterner à ses pieds, comme la Madeleine? Il faut le répéter, la réforme nous a bien appauvries.

Miss DOROTHÉE.

Ecoutez, ma chère. Tous ces Messieurs conviennent qu'un catholique

VI. 2

peut se sauver; quand ils pousseroient
la mauvaise humeur jusqu'à le nier,
comme ils le devroient raisonnablement, tant qu'ils accuseront l'Eglise romaine d'avoir altéré la doctrine de
Jésus-Christ, comme elle a, disent-ils,
corrompu sa morale; quand, dis-je,
ils le nieroient, ils n'ont rien avancé
jusqu'à ce moment qui puisse jeter le
moindre nuage sur la justification que
ma Bonne a faite de la doctrine de son
Eglise. Ainsi nous ne risquons rien à
prendre le parti d'entrer dans une communion où l'on trouve le salut et des
secours si abondans.

LE RABBIN.

Ajoutez un autre motif à celui-là :
c'est que vous rentrerez dans une communion qui a été celle de vos aïeux ;
dans une communion où Jésus lui-
même s'est rendu responsable de votre
foi, et dans laquelle vous entrerez sur
sa parole. Continuez, Mademoiselle, à
nous faire voir que l'Eglise romaine ne
croit aujourd'hui, sur les sacremens, que
ce qu'elle a cru depuis les apôtres. Il
doit être sur-tout question du point le

plus contesté, c'est-à-dire de la présence réelle dans la Sainte Eucharistie.

Madem. BONNE.

Avant d'entrer en matière, voyons ce qu'on pense à cet égard chez les autres. Les luthériens croient que le corps et le sang de notre Seigneur Jésus-Christ sont véritablement dans l'Eucharistie avec l'espèce du pain et du vin. Les calvinistes disent qu'il n'y est que spirituellement et en figure ; et les catholiques, que le pain et le vin disparoissant au moment de la consécration, il n'en reste plus que les apparences sous lesquelles le vrai corps et le vrai sang de Jésus sont cachés. Ils le croient d'abord, parce que l'Eglise qui leur commande de le croire, ne peut enseigner l'erreur. Ils ont cette foi, en second lieu, parce que la sainte Ecriture s'explique clairement sur cet article. Ils le croient enfin, parce que ce mystère est tellement digne de Dieu, qu'ils auroient peine à concevoir qu'il n'eût pas opéré ces prodiges en faveur de son Eglise ; et si leur raison ne peut leur servir pour comprendre la manière ineffable dont Jésus se rend présent dans l'Eucharistie, les motifs de cette présence leur paroissent très-raisonnables.

BELESPRIT.

Vous n'y pensez pas, Mademoiselle : que l'on croie la présence réelle par la foi, à la bonne heure ; mais que la raison puisse parvenir à nous adoucir ce que cette foi a de pénible, cela est impossible ; la raison humaine ne pourroit qu'affoiblir cette foi.

MADEM. BONNE.

Si vous m'aviez bien entendu, vous ne feriez pas cette objection. Il faut, Monsieur, distinguer deux choses dans le mystère de l'Eucharistie : la manière dont il existe, les causes pour lesquelles il existe. Je viens de vous dire que la manière dont Jésus se rend présent dans l'Eucharistie, passe ma raison, est contredite par mes sens, et est contraire à toutes les idées reçues par les savans, lorsqu'il est question des sciences. Il faudroit renverser toutes mes idées, et renoncer à toutes mes notions, pour croire cette présence réelle, me disoit un ministre, qui n'a d'autre défaut que son erreur. Non, il ne faut pas renoncer à nos lumières, pour croire que Dieu est tout-puissant. N'a-t-il pas dit : que la lumière soit faite. Et elle fut faite. Sa parole est acte, il peut faire ce qu'il veut. Il n'est pas question d'examiner s'il a pu faire tous les miracles qui s'opèrent sur nos autels ; mais s'il l'a voulu.

Le CALVINISTE.

A quoi vous amusez - vous , Mademoiselle ? Tout le monde ici confesse la toute-puissance de Dieu ; il n'est question que de savoir s'il a voulu renverser toutes les lois de la nature, pour instituer le sacrement de la cène, comme les catholiques le croient.

MADEM. BONNE.

J'allois dire , lorsque vous m'avez interrompu, que la seule chose que nous ayons à approfondir, est de savoir ce qu'il a voulu nous donner en instituant l'Eucharistie. Nous cherchons à connoître ce qu'il a voulu faire alors, par les décisions de l'Eglise ; vous rejetez cette autorité pour vous en tenir à l'Ecriture sainte : je n'ai garde de rejeter cette preuve, elle m'est trop avantageuse. J'y ajoute encore la foi de tous les pères et de tous les chrétiens, depuis les apôtres jusqu'à nous ; le plus grand nombre a toujours cru, comme l'église romaine, la présence réelle dans l'Eucharistie. Commençons à la prouver par l'Ecriture sainte.

Le CALVINISTE.

J'y consens, mais que ce soit par l'Ecriture Sainte toute entière, c'est-à-dire qu'en réunissant plusieurs passages ils aient le même sens ; car un passage isolé peut aisément être mal entendu, comme ce dont il s'agit en fait preuve.

Madem. BONNE.

Les paroles ont un sens fixe, Monsieur, qu'on ne peut chercher à détourner sans témérité. Si celui qui me parle a dans son esprit un sens contraire à celui que m'offre son expression, il faut ou qu'il ne connoisse pas le sens des mots dont il se sert, ou qu'il ait un dessein formel de me tromper. On ne peut rien supposer de pareil dans notre divin Sauveur. Donc les paroles dont il s'est servi dans l'institution de la sainte Eucharistie, doivent être entendues, comme il les a dites, dans leur sens naturel. Jésus a dit : *Prenez et mangez*, CECI *est mon corps*. Il n'y a pas l'ombre d'équivoque dans ces paroles. Le mot *ceci* est un pronom démonstratif, qui signifie la chose qu'on offre, qu'on donne. Si je vous donne un papier plié, en vous disant : ceci est un billet de cent louis, que je vous ai fait, vous auriez droit de m'accuser de mauvaise foi, si ce papier ne contenoit pas effectivement ce billet. Jésus dit : *ceci*, ce que je vous présente, *est mon corps*. Ou il parloit contre la vérité, ou c'étoit véritablement son corps. Il ne lui eût pas été plus difficile de dire : cela est la figure de mon corps, si effectivement il n'y eût eu que cela.

LE CALVINISTE.

Que n'achevez-vous tout le passage, Mademoiselle ? Jésus n'ajoute-t-il pas : *Toutes les fois que vous ferez ces choses, faites-les en mémoire de moi*. Ces dernières paroles expriment clairement que la communion n'est que le souvenir de la mort et passion de Jésus.

LE RABBIN.

J'ai beau tourner et retourner ces

paroles, il ne m'est pas possible de comprendre comment elles peuvent autoriser les protestans à nier la présence réelle, car elles ne peuvent l'infirmer ni de près, ni de loin. Rendons ce que je dis sensible par un exemple.

Je suis prêt à partir pour un grand voyage ; j'assemble mes amis, et je leur donne un souper. A la fin du repas je mets une bourse pleine d'or sur la table, et je les prie de s'assembler une fois chaque semaine pour faire un pareil souper, dont je veux que les frais soient payés avec l'or qui est dans cette bourse. Croyez-vous que ma volonté fût bien expliquée ?

Lady VIOLENTE.

Je ne crois pas qu'elle pût l'être plus formellement et plus clairement.

Le RABBIN.

Mais si j'ajoutois : toutes les fois que vous ferez cela, souvenez-vous de moi ; croyez-vous que ces dernières paroles pussent changer le sens des premières ; que mes amis en pussent conclure que je n'ai donné cette somme que pour qu'ils se rassemblassent afin de penser au dernier souper que nous aurions fait ensemble, sans en faire un réel?

LADY VIOLENTE.

Cela seroit ridicule. Vous les avez priés de faire un souper tel que celui que vous leur avez donné : qu'ils pensent à vous en le prenant, ou qu'ils n'y pensent pas, le souper n'en sera pas moins réel, seulement ils seront des ingrats s'ils vous oublient.

MISS DOROTHÉE.

L'existence d'une action ne dépend pas de ce qu'on pense en la faisant. Lady Louise, vous me donnâtes, il y a trois ans, un joli bonnet; et je me rappelle très-bien que vous partiez pour un voyage qui devoit durer un an. Vous me dites en me le donnant : toutes les fois que vous le mettrez, cela vous fera souvenir de moi. Ces dernières paroles signifioient-elles que vous n'aviez pas dessein que je ne misse pas ce même bonnet, et que vous entendiez que je le fisse dessiner pour me coiffer avec sa figure?

LADY LOUISE.

J'aurois été ridicule. Je me rappelle que vous le mîtes sur-le-champ; et que je vous dis : toutes les fois que vous vous coifferez avec ce bonnet, vous penserez à moi.

Miss DOROTHÉE.

Je conçois que vous vouliez deux choses : la première étoit l'action de mettre ce bonnet; la seconde, que je me souvinsse de vous en le mettant. J'ai pu faire, et j'ai fait effectivement ces deux actes indépendamment l'un de l'autre ; car je dois vous confesser que je me suis plusieurs fois parée de votre présent sans penser à vous, sans que le défaut de ma mémoire ait anéanti l'acte que je faisois en me coiffant. Je ne me coiffois pas moins réellement quand je pensois à vous.

Lady LOUISE.

Cet exemple trivial me fait comprendre qu'il n'y a pas de sens commun à entendre par ces paroles, *en mémoire de moi*, que l'action commandée ne fût qu'une représentation, une figure. Jésus faisoit une action, c'étoit de donner à ses disciples une chose qu'il appeloit son corps : donc c'étoit son corps ; car le mensonge n'a jamais souillé sa bouche Il ajouta : *Faites ceci*, l'ac-

tion qué je fais. Si on lui eût demandé
quelle action? Il ne pouvoit répondre,
qu'en mettant le nom à la place du
pronom ; mais quelque simples que
fussent les apôtres, ils ne firent pas une
question si extravagante ; l'esprit le plus
borné pouvoit entendre cela du premier
coup.

LE CALVINISTE.

Jésus a dit : Je suis la porte, je suis
le chemin, je suis la vigne. Faut-il
prendre ces paroles à la lettre ou au
sens figuré ? Si ce sont des façons de
parler qui étoient alors d'usage, pourquoi
Jésus n'auroit-il pas employé la figure
dans l'institution de la Sainte Eucharistie,
et donné au signe le nom de la chose,
comme il l'a fait en d'autres occasions?

MADEM. BONNE.

Cette objection est au moins plus plau-
sible que la première ; cependant il est
aisé de la résoudre. Saint-Jean nous dit
positivement qu'avant le souper dans
lequel il institua la Sainte Eucharistie,
il dit à ses disciples : *Jusqu'à présent
je vous ai parlé en paraboles ; mais
maintenant je vais vous parler clai-*

rement et sans parabole. Remarquez qu'il étoit question alors d'un sacrement, et que les figures n'eussent pas été convenables alors. Jésus eût appliqué ses propres paroles, si elles eussent été figurées, comme il le fit à Nicodême, qui avoit pris à la lettre ces mots : qu'il falloit renaître une seconde fois pour entrer dans le royaume de Dieu. *Est-ce que je pourrois rentrer dans le sein de ma mère,* dit-il. Jésus ajouta tout de suite pour le tirer de peine : *Quiconque ne renaît pas de l'eau et du Saint-Esprit ne peut entrer dans le royaume de Dieu ;* et par là lui fait entendre qu'il avoit parlé d'une manière allégorique.

Lady LOUISE.

Cela étoit bien digne de Jésus. Il eut pitié de Nicodême : il l'instruisit. Il me semble que la même bonté l'eût engagé à expliquer à ses apôtres le sens des paroles citées, s'il eût voulu parler en figure.

Le CALVINISTE.

C'est que vous supposez que les apôtres prirent ces paroles à la lettre, au lieu qu'ils connurent très-bien que c'étoit une allégorie, sans quoi ils n'eussent pas manqué de faire leurs objections, et de dire comme Nicodême : *Comment cela se fera-t-il ?* Ils ne le firent pas, comme cela étoit naturel. Pourquoi? C'est qu'ils ne trouvèrent dans ces paroles que le sens que nous avons saisi, et qui n'avoit rien qui dût les surprendre. S'ils les avoient comprises dans le sens que les catholiques les entendent, ils n'auroient pas manqué de faire des objections, que Jésus auroit eu la charité de résoudre, comme lady Louise l'a fort bien remarqué.

MISS DOROTHÉE.

En ce cas les apôtres auront enseigné la Sainte Eucharistie à la calviniste ; ainsi il ne sera pas possible à ma Bonne de trouver dans les premiers siècles de l'Eglise aucuns vestiges de la présence réelle.

LADY VIOLENTE.

Monsieur le Calviniste, voilà ce que j'ai entendu dire de plus satisfaisant jusqu'à présent, contre la présence réelle dans le Sacrement; en effet, puisque les apôtres ne se récrièrent pas contre l'étonnante proposition de manger le corps de leur maître, il est hors de doute qu'ils comprirent parfaitement que ce n'étoit qu'une figure ; sans quoi leur esprit se seroit révolté, et ils auroient accablé Jésus d'un grand nombre d'objections, eux qui lui en faisoient sur les choses les plus simples et les plus claires.

Lady LOUISE.

Ah ! ma Bonne, comment vous tirerez-vous de ce mauvais pas ? J'ai peine à comprendre que vous puissiez le faire à votre avantage. Il est certain qu'il n'y a rien de plus révoltant que de penser qu'en prenant un morceau de pain on mange le corps d'une personne vivante. Je l'ai entendu dire plusieurs fois, sans que mes oreilles pussent s'y accoutumer, et cela est toujours nouveau pour moi, cela révolte mes sens et ma raison. Je suis de l'avis de lady Violente : les apôtres ne prirent point à la lettre les paroles de Jésus ; et puisqu'ils les écoutèrent tranquillement, ils sentirent l'allégorie.

Le RABBIN.

Oh ! pour cette fois, Mesdames, vous

cessez d'être logiciennes. Vous dites que
la présence réelle soulève les sens et la
raison : je conviens du premier, et je
nie le second. Mes sens me disent bien
qu'il n'y a que du pain dans l'Eucharistie ; mais ma raison me dit qu'il seroit
ridicule de m'en rapporter à leur témoignage, lorsque Jésus a parlé : elle ajoute
ce que mademoiselle Bonne disoit, il
n'y a qu'un moment, qu'il ne faut jamais
s'arrêter à la difficulté d'une chose ,
quand il s'agit des œuvres du Tout-
Puissant. N'est-il pas vrai que nos corps ,
détruits par la mort , ne sont pas anéan-
tis, et qu'ils ne font que changer de
forme, de mode, c'est-à-dire de manière
d'exister. Quelle métamorphose n'a pas
subie le corps d'Adam depuis sa mort?
Sa cendre dissoute au plus tard au temps
du déluge, aura peut-être produit depuis
ce temps des corps dans les trois fa-
milles ; elles auront été poussière, pierre,
sel , herbe , bestiaux , minéraux. Une
petite partie de cette substance aura
passé successivement dans des corps
d'hommes, qui, détruits à leur tour,
auront produit d'autres corps. L'esprit
se perd en pensant à l'infinité de ces

métamorphoses; cependant nous croyons tous qu'à un seul acte de la volonté de Dieu ces parties ainsi divisées se rassembleront pour former le corps d'Adam une seconde fois, et que ce corps sera aussi parfait, aussi intègre, qu'il étoit au sortir des mains du Créateur. Les sens se révoltent contre cette foi, que la raison admet au moment où elle s'est convaincue de la toute-puissance de Dieu. C'est en conséquence de cette conviction, que je n'examine point le *comment* de la Sainte Eucharistie, de l'Incarnation, de la Rédemption, et des autres mystères. Lorsque Dieu parle, ma raison se tait, ou plutôt elle me dit qu'il est raisonnable d'en croire à la parole de celui qui ne peut ni se tromper, ni me tromper, et qui est, qui a été, et qui sera toujours en état de faire ce qu'il promet, sans qu'il lui en coûte autre chose que de le vouloir. Il n'y a, j'espère, aucune personne ici qui ne convienne de ce que je viens de dire. Il ne peut donc être question entre nous, que de bien entendre les paroles de Jésus, et d'expliquer ce qu'il a voulu dire. Je bénis Dieu de ce que ma soumission à l'Eglise me dispense de cet examen ; mais ceux qui n'ont pas le bonheur de la reconnoître pour infaillible, peuvent examiner, pourvu que ce ne soit que sur l'intention de Jésus, et non sur la possibilité de la chose ; car il seroit ridicule que cet examen eût pour but de savoir si la chose, à raison de sa difficulté, est possible à Dieu.

Le CALVINISTE.

Mademoiselle Bonne a bien de l'obligation à M. le Rabbin. Tout ce beau raisonnement ramène à la foi aveugle des papistes, et la dispense de répondre à l'objection que je lui ai faite, et à laquelle je lui défie de répondre rien de satisfaisant. Est-il possible qu'un homme d'esprit comme vous, Monsieur, puissiez croire l'infaillibilité d'une Eglise qui se trompe dans un tel point ?

Le RABBIN.

Ce n'est pas mon affaire, Monsieur, j'ose dire que c'est celle de Jésus ; et, permettez-moi cette expression, je lui défie de me condamner pour lui avoir obéi.

MADEM. BONNE.

M. le Calviniste, vous vous trompez dans les deux points que vous venez d'avancer. Il n'est pas vrai que je cherche à éluder la réponse à votre objection ; il n'est pas vrai que cette réponse soit impossible : j'ajoute, il n'est pas vrai même qu'elle soit difficile. Mettons votre objection dans toute sa force.

La proposition de manger un corps humain, quand on ne voit qu'un morceau de pain, est si révoltante, que les apôtres ont dû se récrier quand ils l'ont entendue : ils ne l'ont pas fait dans la Cène ; vous en concluez qu'ils n'ont pas cru recevoir réellement le corps de leur maître, mais seulement la figure de ce corps. Je vais vous prouver quils ne durent point être surpris le soir de la cène, parce que Jésus n'avoit pas attendu jusqu'alors pour leur apprendre qu'il leur donneroit cette preuve de l'excès de son amour. La première fois qu'ils entendirent parler de l'eucharistie, ils imitèrent Nicodême, et dirent: *Comment nous donnera-t-il sa chair à manger ?* Il faut vous rapporter cet Evangile : examinez, Monsieur, si je le fais bien.

Jésus dit, je suis le pain vivant qui suis descendu du ciel : si quelqu'un mange de ce pain, il vivra éternellement : et le pain que je donnerai est ma chair pour la vie du monde.

Les Juifs donc disputoient entr'eux en disant, comment celui-ci peut-il nous donner sa chair à manger?

LADY VIOLENTE.

J'avoue bonnement mon défaut de mémoire, ou plutôt d'attention. J'ai lu deux cents fois cet endroit de l'Evangile sans y avoir réfléchi. C'est dans ce temps que les apôtres, ainsi que les Juifs, entendirent parler pour la première fois de ce mystère, qu'ils proférèrent ces paroles qui marquoient leur surprise et leur incrédulité; ils en furent même si scandalisés, autant que je me le rappelle, que plusieurs des disciples abandonnèrent Jésus à cette occasion.

MADEM. BONNE.

Vous ne vous trompez pas, Madame; sur quoi je vous prie de faire quelques réflexions. Rien n'étoit caché à Jésus : il connut que ces paroles dégoûteroient plusieurs de ses disciples, et cependant il les dit. N'étoit-il pas venu sur la terre pour sauver les hommes? A-t-il rien épargné pour les attirer à lui? Nicodême, comme nous le disions tout-à-l'heure, ne put comprendre les paroles de Jésus, et en fut scandalisé. Voilà précisément le cas des disciples dans cette occasion ; ils disent le *comment* de Nicodême. N'est-il pas naturel de penser que notre divin Sauveur aura la même condescendance pour eux qu'il eut pour ce sénateur? Ils en étoient plus dignes, ce semble; car ils avoient le courage de suivre publiquement Jésus, au lieu que Nicodême rougissoit de lui, et n'étoit son disciple qu'en secret. Ne devoit-il pas leur dire, ce n'est pas ma chair réelle que je vous donnerai, mais la figure de ma chair? Ce seul mot les auroit fixés dans leur vocation, et auroit empêché leur perte. Qu'en pensez-vous, lady Louise?

Lady LOUISE.

Je n'ai pas cet endroit de l'Evangile présent à ma mémoire; mais si j'écoute l'idée que j'ai conçue de la charité du Sauveur, je ne doute nullement qu'il ne se soit expliqué en cette occasion de la manière la plus claire et la plus précise, puisqu'il étoit question du salut de ces pauvres gens. Ils n'étoient pas coupables de se révolter contre une réalité qui ne devoit pas exister. Ainsi, ma Bonne, ce sera sur la conduite que Jésus tint avec eux que je vais régler ma foi par rapport à l'Eucharistie.

MADEM. BONNE.

Vous demandez la réponse de Jésus dans cette occasion, Madame ; elle ne peut être plus précise et plus forte.

En vérité, en vérité je vous le dis ; si vous ne mangez la chair du fils de l'homme, et si vous ne buvez son sang, vous n'aurez point la vie en vous. Voyez s'il y a là un seul mot qui sente la figure.

Miss DOROTHÉE.

Comment donc, ma Bonne ! Jésus atteste sa présence réelle par deux sermens. Je n'avois jamais pesé ces paroles.

MADEM. BONNE.

Et pour lever toute tentation de doute, il s'explique de six manières différentes, plus fortes les unes que les autres. Ecoutez - le parler, Mesdames : *Celui qui*

mange ma chair et boit mon sang, a la
vie éternelle , et je le ressusciterai
au dernier jour. Ma chair est VÉRITA-
BLEMENT viande, et mon sang est VÉRI-
TABLEMENT breuvage.

LADY VIOLENTE.

Je me rends, ma Bonne; véritablement est le contraire du mot figure :
l'un fait disparoître l'autre, et M. le Rabbin a bien eu raison de dire que si la
présence réelle étoit une erreur, Jésus
ne pourroit la lui imputer, puisqu'elle
seroit une suite nécessaire de ces paroles véritablement. Elles excluent absolument le sens figuré.

MADEM. BONNE.

Quelque fortes que soient ces paroles,
il semble que Jésus n'en soit pas con-
tent, tant il a soin d'ôter tout sujet de
les interpréter mal ; c'est pourquoi il
ajoute, celui qui mange ma chair et
boit mon sang demeure en moi, et je
demeure en lui.

LADY LOUISE.

Je le dis, comme miss Dorothée, je
n'ai jamais pesé sur la force de ces
paroles ; elles écrasent l'incrédulité.

MADEM. BONNE.

Ce n'est pas tout, Madame. Jésus ajoute : *Comme mon père, qui est vivant, m'a envoyé, et que je vis par mon père, de même celui qui me mange vivra aussi par moi.*

LADY LOUISE.

Ainsi il ne faut non plus douter de la présence réelle que de la mission de Jésus. Pouvoit-il s'exprimer d'une manière plus forte? Ah! sans doute il avoit en vue ceux qui de nos jours ont nié sa présence : c'étoit pour nous, Mesdames, qu'il a déclaré ce grand mystère d'une manière si expresse : quel excès de bonté!

LE CALVINISTE.

Ne voyez-vous pas que Jésus parle en parabole en cette occasion? Par sa chair il entend la participation de ses mérites.

MADEM. BONNE.

Mais auroit-il été besoin de tant d'attestations pour nous dire qu'il nous appliqueroit dans l'Eucharistie les mérites de sa mort et passion? Cela ne souffroit aucune difficulté; l'esprit n'auroit pas de peine à le croire, les sens n'en sont pas révoltés ; nous croyons bien que dans le baptême les mérites de Jésus-Christ nous sont donnés.

M. D<small>E</small> BONNEFOI.

Calvin a si bien senti qu'il y a dans l'Eucharistie quelque chose de plus que dans le baptême et les autres moyens dont Dieu se sert pour nous appliquer les mérites de Jésus-Christ, qu'il se récrie sans cesse sur le don ineffable que Dieu nous a fait en nous donnant ce sacrement. C'est, selon lui, un miracle, un don inestimable : il ne sait quels termes employer pour nous faire sentir cette grande libéralité, cette magnificence de Dieu.

M<small>ADEM</small>. BONNE.

Les Suisses, avec leur bon sens, n'ont pu digérer ce qu'il dit à cette occasion, et ne veulent pas admettre l'ombre d'un miracle dans l'Eucharistie : on nous donne du pain, disoient-ils, nous recevons du pain, il n'y a rien là que de naturel. Il est vrai que dans le moment où nous recevons ce pain, Jésus nous rend participans de son divin corps d'une manière spirituelle ; mais il en fait autant dans le baptême, dans la prière ; et tout ce qu'ils ont accordé, c'est que l'Eucharistie est le souvenir de la passion de Jésus-Christ. Cela ne renferme aucun miracle.

Miss DOROTHÉE.

L'Evangile que vous nous avez cité n'est pas fini, autant qu'il peut m'en souvenir.

MADEM. BONNE.

Non, ma chère ; et je vais continuer à vous rapporter les paroles de Jésus.

Le pain que je vous donnerai est ma chair, qui est immolée pour vous. Le vin que vous boirez est mon sang, qui est répandu pour vous. Remarquez, Monsieur, que je rapporte ces passages mot pour mot, comme ils sont dans vos traductions : dans les nôtres, il y a, *qui sera immolé, répandu pour nous.* Mais comme cela revient au même, j'ai voulu suivre votre traduction pour éviter toute dispute.

Miss DOROTHÉE.

Pourquoi, ma Bonne, a-t-on mis au présent un événement qui n'étoit pas encore arrivé ?

MADEM. BONNE.

Devant Dieu, Mesdames, tout est pré-

VI.   5

sent, et il n'y a pas de succession de
temps. C'est pour s'accommoder à nos
idées, que le Saint-Esprit marque quelquefois les temps ; cela même n'est-pas
toujours, comme nous pouvons le voir
en plusieurs endroits. Saint Jean, en
parlant de Jésus, le nomme l'agneau qui
a été immolé dès le commencement du
monde.

Miss DOROTHÉE.

Les paroles que vous avez citées
m'ont fait naître une pensée assez bizarre.
On dit qu'il y a des hérétiques qui ont
soutenu que Jésus n'avoit pas été réellement crucifié, et que les Juifs avoient
exercé leur fureur sur un corps fan-
tastique : je trouvois leur idée extravagante, actuellement je change d'avis,
et je dis : ils ont raison. Jésus n'a pas été
vraiment crucifié.

Lady LOUISE.

Eh ! d'où vous vient, je vous prie, une
idée aussi extravagante ?

Miss DOROTHÉE.

Faut-il le demander, Madame ? Sur
la Sainte-Ecriture d'une part, et sur la
foi de votre Eglise de l'autre, Jésus n'a-t-il

pas dit : *Le pain que je vous donnerai est mon corps , ma chair, qui sera crucifiée pour vous. Le vin que vous boirez est mon sang, qui est, ou qui sera répandu ?* Si l'un et l'autre ne sont dans l'Eucharistie qu'en figure , il est clair que son corps n'a été crucifié, et son sang répandu , qu'en figure ; car Jésus nous assure bien positivement que nous ne recevrons que ce qui a été crucifié, et que ce qui sera crucifié sera reçu. Avez-vous quelque chose à répondre à cela, Madame ?

BELESPRIT.

A ce que je vois , les protestans sont d'une date beaucoup plus ancienne que je ne me l'étois imaginé ; car je lisois hier dans les épîtres de saint Ignace, qu'il précautionnoit les fidèles contre les hérétiques, qui disoient que Jésus-Christ n'avoit été crucifié qu'en figure. Or saint Ignace fut martyrisé dans le second siècle de l'Eglise ; et à propos de saint Ignace, qui avoit vécu avec saint Polycarpe , disciple de saint Jean, j'ai écrit plusieurs endroits de ses épîtres, propres à nous instruire de ce qu'on pensoit alors sur l'Eucharistie , la tradition , et plusieurs autres points contestés aujourd'hui,

MADEM. BONNE.

Vous nous les lirez quand nous aurons fini l'article où nous en sommes. La présence réelle qui scandalise les protestans, scandalisa aussi les disciples du Seigneur. Plusieurs l'abandonnèrent à cette occasion ; et Jésus, loin de leur donner alors les explications que Calvin a fait paroître de nos jours, les laissa s'éloigner de lui et se perdre.

LE CALVINISTE.

Ce fut leur faute assurément ; il n'y avoit pas lieu de se méprendre au sens des paroles de Jésus, puisqu'il les expliqua aussitôt, en disant : *La chair ne sert de rien, c'est l'esprit qui vivifie. Les paroles que je vous ai dites sont spirituelles et donnent la vie.* Il est clair que ces paroles donnent la vie à ceux qui les entendent d'une manière spirituelle et dans un sens figuré; elles ne sont dures que pour les papistes, qui n'ont garde de peser sur ces dernières paroles, que la plupart même ne savent pas non plus que vous, Mesdames.

MISS D'OROTHÉE.

Et comment voudriez-vous que les

papistes et les autres les eussent devi-
nées, puisqu'assurément elles ne sont
pas dans l'évangile comme vous les
avez citées? Il n'y eut jamais : *Ces paroles
sont spirituelles ;* mais *, ces paroles
sont esprit et vie :* cela change absolument le sens.

Le CALVINISTE.

C'est ce que je nie. Et que dire du
commencement de ce passage ? *La chair
ne sert de rien, c'est l'esprit qui vivifie.*

Miss DOROTHÉE.

Que la chair y est, puisqu'elle ne sert
de rien sans l'esprit, cela est clair. Je
vous fais présent d'un instrument dont
vous avez entendu jouer avec plaisir ;
et comme je sais que vous ne connois-
sez pas cet instrument, qui est un violon,
si vous voulez , et que celui que je vous
donne n'est pas monté, je vous avertis
qu'en l'état où il est il ne peut produire
ces sons enchanteurs qui vous ont ravi,
et je vous dis : Ce violon ne vous servira
de rien en cet état ; il faut des cordes,
un archet, et une main habile pour le
toucher. Seroit-on bien venu à dire que

ces paroles signifieroient que je ne donne pas le violon ?

Non sans doute. Une preuve que vous le donnez réellement, c'est que vous avertissez qu'il ne servira de rien si on n'y ajoute autre chose. Il seroit ridicule de dire : ce violon ne vous servira de rien, si je ne vous le donne pas. Ainsi ces paroles de Jésus, loin de présenter à mon esprit un sens figuré, y portent la plus forte idée de la réalité ; et pour me servir aussi d'un exemple : Je vous donne une bourse pleine de billets de banque pour acheter une maison ; comme la bourse est belle, et que vous la regardez uniquement sans penser à ce qu'elle contient, je vous dis : Prenez-y garde, cette bourse ne vous servira de rien pour votre achat, ce sont les choses qu'elle contient. Quelque tems après, vous voudriez nier en justice d'avoir reçu cette bourse ; et pour appuyer votre négation, vous allégueriez les paroles que je vous ai dites en vous la donnant, et vous diriez aux juges : elle ne m'a pas donné la bourse, car elle m'a dit, en me la présentant : cette bourse ne vous servira de rien. Les juges admettroient-ils cette belle preuve?

LE CALVINISTE.

Les comparaisons sont rarement bonnes, et les vôtres, Mesdames, sont injurieuses à Jésus-Christ. Oseriez-vous dire que sa chair adorable ne serviroit de rien, si elle étoit réellement dans l'Eucharistie?

LADY LOUISE.

Eh! pourquoi pas, Monsieur? saint Paul nous le dit bien, puisqu'il assure que ceux qui la reçoivent indignement boivent et mangent leur jugement et leur condamnation ; c'est bien pire que de dire les paroles citées. Sans doute la sainte eucharistie ne donne pas la vie à ceux qui la reçoivent comme un pain ordinaire, à ceux qui, ne s'arrêtant qu'au témoignage de leurs sens, n'y veulent voir que ce qu'ils aperçoivent. Pour que la sainte eucharistie donne la vie, il faut la recevoir avec l'esprit en même temps qu'on la reçoit, qu'on la touche par les sens. C'est dans l'esprit que se forme la foi de la présence réelle, et il faut l'avoir pour être vivifié ; voilà, ce me semble, le seul sens naturel qu'on puisse donner aux paroles de Jésus.

L'ANGLICAN.

S'il étoit vrai que ce sens fût le naturel, vous l'auriez aperçu d'abord, Madame, au lieu que jusqu'à ce jour vous n'y aviez vu que la figure.

LADY LOUISE.

C'est que jusqu'à ce jour je n'avois vu que par les yeux d'autrui, et que j'avois formé ma foi sur ce qu'on me disoit, et non sur ce qui étoit écrit.

MADEM. BONNE.

Pour achever de vous convaincre, Mesdames, nous allons finir le discours de Jésus dans cette occasion ; examinez-en soigneusement toutes les circonstances. Nous avons vu que les Juifs disoient avec étonnement : comment nous donnera - t - il sa chair à manger ? A cette question Jésus, dont la mission étoit d'enseigner les juifs, confirme la vérité qui les étonne de la manière la plus affirmative ; il l'appuye par deux sermens consécutifs ; il choisit les termes les plus forts et les moins susceptibles d'équivoque. *Ma chaire est véritablement viande.* Ce mot, *véritablement,* exclut absolument la figure, et il faut renverser toutes les idées qui sont attachées à ce mot *véritablement,* pour y soupçonner *figurément.* Ces deux mots sont aussi contraires l'un à l'autre que le *oui* et le *non, blanc* et *noir.* Les disciples le comprirent bien, puisqu'ils répondirent : *Ces paroles sont dures, et qui pourra les écouter ?* S'il eût été question d'une union spirituelle, en figure, leur réponse eût été ridicule : cette sorte d'union ne souffroit aucune difficulté. Quand Jésus avoit dit : je suis la vigne, la porte, le chemin, les disciples n'avoient pas répondu, *ces paroles sont dures.* Pourquoi ? C'est qu'ils comprenoient fort bien que les unes étoient une figure, et les autres une réalité qui avoit besoin des plus grands miracles pour être opérée. C'est de la possibilité de ces miracles qu'ils doutoient.

LE CALVINISTE.

Voilà encore une de vos imaginations; et sur quoi la fondez-vous, s'il vous plaît ?

MADEM. BONNE.

Sur la réponse de Jésus, Monsieur ; elle est positive : *Cela vous scandalise : que sera-ce si vous voyez le fils de l'homme monter au ciel , où il étoit auparavant ?*

LADY LOUISE.

Vous aviez bien raison de dire que les paroles de Jésus étoient décisives pour la présence réelle. C'étoit un miracle que Jésus promettoit ; et pour en montrer la possibilité, il allègue un autre miracle et prédit son ascension. Tournez ces paroles comme vous le voudrez , je vous défie d'y trouver un autre sens raisonnable que celui-ci. Il vous paroît contre l'ordre de la nature qu'un corps puisse être multiplié , resserré , mangé. Est-il moins surprenant de voir un corps, qui, de sa nature , est pesant, s'élever en l'air par lui-même ? Toutes les règles de la pesanteur ne sont-elles pas violées en cette occasion ? Vous verrez l'un , croyez l'autre. Il eût été ridicule d'alléguer un miracle pour prouver la possibilité d'une union spirituelle et en figure ; dans cette seconde union il n'y avoit rien d'incroyable,

BELESPRIT.

Vous faites, ce me semble, trop d'honneur aux disciples, d'attribuer leur incrédulité sur l'eucharistie à un raisonnement produit par la connoissance des lois naturelles : en avoient-ils la plus petite idée ? Pauvres ignorans ! ils n'étoient choqués que de l'idée de manger un corps humain.

Miss DOROTHÉE.

Comme si les lois de la nature n'étoient pas connues des ignorans comme des savans ! Le plus stupide paysan conçoit fort bien qu'il faut un miracle aussi grand pour qu'une pierre se soutienne toute seule en l'air, que pour qu'une personne soit en même temps dans deux endroits différens. On n'a pas besoin d'avoir étudié pour cela.

Le CALVINISTE.

Supposons pour un moment qu'un paysan grossier puisse comprendre qu'une pierre ne peut se tenir en l'air toute seule, vous avouerez que les paroles de Jésus étoient bien moins claires. Si je n'y aperçois pas le sens que Made-

moiselle y veut trouver, ils devoient l'y
voir moins que moi : ils étoient moins
instruits, et si j'ose le dire d'après le témoignage qu'ils se sont rendu eux-mêmes,
ils étoient trop idiots, trop stupides.

LE RABBIN.

D'où je conclus que Jésus leur auroit
expliqué très-clairement qu'il ne seroit
mangé qu'en figure, s'il avoit eu dessein
de ne se donner qu'ainsi, puisque les
paroles que vous citez n'étoient pas,
selon vous, capables d'effacer les idées
de réalité que le discours précédent
avoit fait naître chez eux ; car assurément
ils prirent les paroles de Jésus à la lettre.
*Comment nous donnera-t-il sa chair à
manger?* En voici une autre preuve.
Les apôtres n'entendoient pas Jésus plus
que le peuple, lorsqu'il leur dit certaines
paraboles ; mais ils avoient grand soin
de lui en demander la signification en
particulier. Pourquoi donc ne lui dirent-
ils pas? Maître, que veut dire cette parabole, que vous nous donnerez votre
chair à manger? La raison en est claire,
c'est qu'ils comprirent très-bien que ce
n'étoit ni une parabole, ni une figure,
mais une réalité.

LE CALVINISTE.

Voyons-nous dans l'Evangile qu'ils aient demandé à Jésus ce que signifioient ces mots, je suis la porte, je suis la vigne? Non sans doute; quelque stupides qu'ils fussent, ils sentoient la figure.

LE RABBIN.

Je le crois comme vous, Monsieur. mais ici ils ne la sentoient pas; leurs paroles en font foi, et encore plus la désertion de plusieurs d'entr'eux. Ceux qui restèrent disoient comme les autres : *Ces paroles sont dures.* Donc, encore une fois, ils sentoient la réalité.

M. DE BONNEFOI.

Il est certain qu'ils eurent alors cette idée dans l'esprit; si elle eût été fausse, il étoit naturel que Jésus eût rectifié cette idée, au moment de l'institution du sacrement, par quelques paroles bien positives. Ce qu'il dit en leur donnant le sacrement, est tel, qu'il faut absolument qu'il en résulte de trois choses l'une : ou que Jésus cherchoit à les tromper, ou qu'il vouloit ménager aux hommes le moyen d'anéantir l'Evangile, en tournant

en allégorie ses paroles les plus positives ;
ou enfin, qu'il eût intention de leur
donner son corps et son sang véritablement, réellement, et pourtant d'une
manière miraculeusement accommodée
à leur foiblesse. Dites-moi, M. le Calviniste, disputez-vous à Jésus sa toute-
puissance, et supposez-vous au moins
que s'il eût voulu se donner à nous cor-
porellement dans la sainte Eucharistie,
il l'ait pu ? Oseriez-vous dire que cela lui
étoit impossible ?

LE CALVINISTE.

Je dirois presque oui, Monsieur,
puisque l'absurde, le contradictoire ne
peuvent jamais arriver à l'existence. Dieu
étant la souveraine raison, ne peut vouloir
en même temps deux contraires. Or il
est absurde qu'un même corps soit multiplié à l'infini, qu'il soit mangé vivant
sans être brisé, que les lois de la nature
soient violées en cent manières différentes, comme il faut supposer qu'elles
le sont en croyant la réalité. D'ailleurs,
de quelle utilité seroient de pareils miracles ? La mort et passion de Jésus-Christ
a satisfait pleinement pour toutes nos
fautes, et nous a mérité tous les secours

possibles pour le salut. Ce seroit donc à crédit, et inutilement, qu'il renverseroit toute la nature.

MADEM. BONNE.

Vous taillez en un moment tant de besogne, qu'il faut la diviser pour ne la pas embrouiller. Que pensez-vous de ces objections, Messieurs?

BELESPRIT.

D'abord, Monsieur, vous prenez pour règle du possible ou de l'absurde vos propres lumières, sans réfléchir aux bornes étroites que Dieu leur a données. Tout, ou presque tout, est énigme dans l'univers: les génies les plus transcendans passent leur vie à bâtir des systêmes pour expliquer les causes des effets qu'ils voient, qu'ils touchent; et le fruit le plus réel de leurs études est l'aveu, ou plutôt la preuve de leur ignorance. Certainement nous sommes formés, et nous prenons notre accroissement dans le sein de nos mères; saurions-nous sans la foi le pourquoi de notre existence? En pouvons-nous dire le comment? Les disputes des savans font foi de l'incertitude de leurs connoissances à cet égard. Pour-

rions nous assigner sûrement les causes
de l'électricité, dont nous savons les
effets, qui sont miraculeux en apparence;
après tous les examens possibles, ne
faut-il pas en revenir à dire : c'est peut-
être ceci, c'est peut-être cela. Comment
l'aimant attire-t-il le fer? Depuis tant de
siècles que nous connoissons ses effets,
avons-nous pu concevoir comment un
corps très-pesant de sa nature, déroge
aux lois communes, pour s'élever en
l'air? Si on eût supposé, la veille de la
découverte de l'aimant, qu'une telle
chose fût possible, vous vous seriez écrié
à l'absurde. Après ces preuves de notre
ignorance, oserions-nous décider de ce
qui est véritablement absurde, ou de ce
qui ne l'est que par rapport à nous? Cela
seroit bien téméraire.

Le RABBIN.

Je dirois volontiers à ceux qui veulent
ainsi mesurer la puissance de Dieu : Ap-
prends-moi, pauvre petit grain de poussière, où tu étois quand il t'a tiré du
néant, ainsi que ce vaste univers? Créer
de rien, est le prodige le plus incompréhensible. Voulez-vous nier la sainte Eucharistie? Niez aussi le mystère de la

sainte Trinité, et tous les autres : ils sont aussi incompréhensibles que celui-là.

MISS DOROTHÉE.

Ma Bonne, cela me fait souvenir de ce qui vous arriva dans un carrosse public ; racontez-le à ces Dames.

MADEM. BONNE.

Je fus fort surprise de trouver dans cette voiture une demoiselle qui me salua en français par mon nom, et qui me dit qu'elle étoit charmée de faire le voyage avec moi, qu'elle m'estimoit depuis long-temps ; mais qu'elle étoit surprise qu'une personne d'esprit comme moi pût être papiste. J'ouvrois la bouche pour lui répondre, lorsque je fus prévenue par un homme de fort bonne mine, qui lui dit : Eh ! Croyez-vous, Mademoiselle, que les Chrysostôme, les Augustin, les Ambroise, et pour parler des temps moins éloignés, les Gerson, les Thomas Morus et tant d'autres, ayent été des stupides et des ignorans ? Je laissai cette fille aux prises avec cet homme, dont je n'ai jamais su le nom, et je n'eus pas un mot à ajouter à tout ce qu'il lui dit en faveur de la

religion catholiqúe. Vous croyez sans
doute qu'il étoit dans notre communion,
comme j'en fus persuadée alors. Point
du tout. Je ne sais par quel hasard je lui
fis une question conséquente à l'opinion
que j'avois de lui. Quelle fut ma surprise!
lorsqu'il me répondit: Je suis *chercheur*,
Madame : c'est-à-dire que je n'ai point
encore fixé mon choix en matière de
religion, quoique je les aie assez exa-
minées pour les connoître à fond. Mon
choix seroit bientôt fait, si mon cœur ne
contrarioit point mon esprit; car les
catholiques me paroissent les seuls
raisonnables. Luther et Calvin devoient
faire main basse sur tous les mystères,
ou les admettre tous. Y a-t-il rien de
plus ridicule que de vouloir m'obliger
à croire le mystère de la Trinité, celui
de l'Incarnation, et les autres, pendant
qu'on en nie un, qui n'a rien de plus
incompréhensible, sous prétexte qu'on
ne peut le comprendre !

LADY VIOLENTE.

Je ne sais pourquoi mon esprit a plus
de peine à se plier à croire le mystère
de l'eucharistie que tous les autres, qui
sont pourtant tout aussi contraires à mes

notions. Un Dieu en trois personnes
parfaitement égales et distinctes, qui
ne sont pourtant qu'un seul Dieu; un
Dieu que le ciel et la terre ne peuvent
contenir, et qui, au moment de l'incarnation, se renferme dans un corps;
un Dieu souffrant, mourant; tout cela
est aussi incompréhensible qu'un Dieu
caché sous l'apparence du pain; cependant ce dernier mystère ne me trouve
pas une foi aveugle comme les autres.

Madem. BONNE.

En voulez-vous savoir la raison, Madame? C'est que vous avez cru long-
temps les autres par préjugé, et parce
que personne ne vous en disputoit la
réalité. Si votre foi avoit eu pour fondement l'autorité de la parole de Dieu,
vous croiriez l'eucharistie aussi facile-
ment que les autres mystères; car, dans
le fond, il n'est pas plus incompréhensible.

Miss DOROTHÉE.

Nous n'avons raisonnablement qu'un
seul parti à prendre, accablées, comme
nous le sommes, sous le poids des prodiges de la toute-puissance de Dieu;

c'est de nous prosterner dans la poussière de notre ignorance, pour faire hommage à sa sagesse et à son souverain pouvoir. Ne levons point un œil profane jusqu'à son sanctuaire pour examiner ce qu'il nous assure ; car nous en serions aveuglés, beaucoup plus qu'en voulant fixer le soleil.

Le CALVINISTE.

Eh bien ! Mesdames, je vous accorde qu'il a pu instituer l'eucharistie comme l'entendent les papistes : qu'en conclurez - vous ?

Madem. BONNE.

Je vous demanderai, dans cette supposition, de quels termes il se seroit servi pour nous annoncer le prodige d'amour qu'il eût voulu opérer en notre faveur. En auroit-il pu trouver de plus forts ?

Le CALVINISTE.

Il nous eût avertis positivement que ce qu'il alloit dire n'étoit point en parabole, en figure ; il l'eût dit de la manière la plus forte, et n'eût point ajouté: *faites ceci en mémoire de moi.* Ces paroles marquent clairement que l'eucharistie n'est que l'application des mérites de Jésus-Christ, qui nous est faite par le souvenir et la mémoire que nous en faisons.

MADEM. BONNE.

Jésus a pris les deux premières précautions que vous exigez pour prendre ces paroles au sens littéral. Il avertit ses apôtres, avant la cène, que désormais il va leur parler clairement et sans parabole. Secondement, il emploie le mot *véritablement*, lorsqu'il parle de l'eucharistie ; et au moment de l'institution, il se sert des paroles les plus simples et les moins sujettes à explication : « Prenez et mangez, ceci est mon
» corps. Puis prenant le calice, et ren-
» dant grâces, il le leur donna, et ils
» en burent tous, et il leur dit : ceci
» est mon sang, le sang de la nouvelle
» alliance, qui est répandu pour plu-
» sieurs, pour la rémission des péchés. »

BEL ESPRIT.

En vérité, ces paroles me frappent comme si je ne les avois jamais entendues, et il n'y a pas moyen d'y résister. Qui est ce sang que les apôtres burent ? Quel est ce corps qu'ils mangèrent? Celui

qui devoit être immolé, répandu pour
nous. Miss Dorothée a raison : si ce
corps et ce sang n'ont été donnés qu'en
figure, le corps de Jésus n'a été immolé
et son sang répandu qu'en figure et non
point réellement. L'objection que vous
tirez de ces paroles, *faites ceci en mémoire de moi*, est pitoyable. Qui a jamais pensé que le souvenir d'une personne, en faisant une action, pût anéantir
l'existence de cette action? Elle se peut
faire avec ce souvenir ; elle se peut
faire sans ce souvenir. Il est vrai que
alors elle se feroit mal ; mais elle n'en
seroit pas moins faite.

MADEM. BONNE.

Il seroit impossible de trouver des
paroles plus claires. Aussi les chrétiens
des premiers siècles les ont-ils entendues
comme nous les entendons. Aussi les
Grecs, malgré leur hérésie et leur
schisme, n'ont point varié sur la foi de
la présence réelle. Ils n'ont jamais cru
recevoir la figure du corps et du sang
de Jésus-Christ, mais son vrai corps et
son vrai sang , comme je vous le prou-
verai par les écrits des Pères qui vivoient dans les premiers siècles de

l'Eglise. A leurs témoignages je joindrai celui d'un homme qui ne peut être suspect, et qui vivoit dans le seizième siècle : c'est celui de Luther.

LADY VIOLENTE.

Le témoignage de Luther n'est bon que pour des luthériennes; vous savez, ma Bonne, que nous ne le sommes pas.

MADEM. BONNE.

Luther a toujours été regardé par Calvin comme un homme inspiré de Dieu, et suscité pour rétablir l'Eglise. Vous ne pouvez nier qu'il n'ait été ennemi de la nôtre, et, en conséquence, il n'a pas cherché à nous flatter. Le témoignage avantageux d'un ennemi est d'un grand poids, Madame; et celui de Luther a d'autant plus de force, qu'il avoue lui-même qu'il eût été ravi qu'on lui eût fourni le moyen de nier la réalité ; mais il ajoute qu'il est écrasé sous le poids de ces paroles, *ceci est mon corps;* et quelqu'examen qu'il ait pu faire, il n'a jamais compris qu'on pût les interpréter d'une manière figurative. Son témoignage sera la preuve de la présence réelle de Jésus-Christ dans l'eucharistie jusqu'à la consommation des siècles.

LADY LOUISE.

Je vous demande pardon, ma Bonne, mais j'ai oublié la différence qu'il y a entre le catholique et le luthérien sur cet article.

MADEM. BONNE.

Luther a enseigné qu'après la consécration le corps et le sang de Jésus-Christ sont réellement avec le pain dans l'eucharistie, pour être la nourriture de nos ames : mais par une inconséquence que les calvinistes lui ont reprochée, il a aboli la messe en conséquence d'une conférence qu'il eut avec le diable, dans laquelle cet esprit de ténèbres lui fournit les motifs qui devoient l'exciter à ce retranchement.

LADY LOUISE.

Quelle extravagance ! Voilà une de ces choses que je ne puis souffrir : les catholiques ont tant de chose qu'ils peuvent raisonnablement reprocher à Luther ! Pourquoi adopter une fable aussi dépourvue de vraisemblance ?

MADEM. BONNE.

Que ce soit une fable ou une réalité, je m'en lave les mains, Madame. C'est Luther lui-même qui nous assure de ce fait dans un de ses ouvrages ; s'il ment, ce n'est pas à moi qu'il faut vous en prendre.

MISS DOROTHÉE.

Puisque nous parlons de la messe, apprenez-moi, je vous prie, ce que c'est. C'est l'horreur de tous protestans: sur quoi est-elle fondée ?

MADEM. BONNE.

Je n'ai jamais rien lu à ce sujet, ma chère ; mais nous avons dans nos livres des communes prières toutes celles qui se font à la messe ; ainsi je vous expliquerai tout uniment ce que le prêtre fait à l'autel, et l'intention de l'Eglise dans ce sacrifice.

LE CALVINISTE.

Vous entendez donc le latin, Mademoiselle Bonne; car les prières de votre messe et toutes les autres se font en latin ? Dans votre Eglise on a la manie de prier Dieu dans une langue que le

VI.   4

plus grand nombre des chrétiens n'entend pas.

LE RABBIN.

Vous oubliez, Monsieur, que Mademoiselle vous a déjà dit que tous les livres de prières se trouvent expliqués, traduits en français pour ceux qui n'entendent pas le latin. Mais telle est la force de la prévention : vous revenez toujours sur ce qui a été dit contre les catholiques, malgré les preuves qu'on vous a données du contraire.

MADEM. BONNE.

Rappelez-vous, Mesdames, les sacrifices que Dieu avoit ordonnés aux juifs dans la loi ancienne. Ils se rapportoient tous à ces quatre fins : adorer Dieu, lui demander pardon des péchés, le remercier des grâces reçues, et lui demander celles dont on avoit besoin. Ces quatre sacrifices se nommoient : le premier, holocauste ; le second, propitiatoire ; le troisième, eucharistique ; et le quatrième, impétratoire. Dieu avoit promis, par ses prophètes, un nouveau sabbat, de nouvelles fêtes, de nouveaux sacrifices : celui qui s'offre chaque jour sur nos autels les comprend tous. Ce sacrifice non-sanglant est le même que celui que Jésus a offert une fois sur l'arbre de la croix, et ce divin Sauveur y est en même temps le prêtre et la victime. Il vient s'acquitter pour nous de tous les devoirs que nous devons à Dieu, et que nous ne pourrions lui rendre, sans lui, que d'une manière très-imparfaite.

D'abord le prêtre invoque la Ste. Trinité à laquelle ce sacrifice va être offert; puis il répète un pseaume avec son répondant. Ensuite, il se confesse à Dieu, aux habitans du ciel et de la terre; et, en s'avouant pécheur, il les conjure de s'unir à lui pour obtenir pour lui la miséricorde du Seigneur. Le prêtre, étant monté à l'autel, demande à Dieu qu'il ait pitié de nous; et il répète six fois la même prière. Puis il récite le cantique des anges : *Gloire soit à Dieu dans le ciel*, etc..., fait plusieurs prières pour demander le secours de Dieu, le remercier des grâces qu'il a faites à ses serviteurs, et toutes ces prières finissent toujours par ces paroles : *Par les mérites de Jésus-Christ*. Ensuite, on lit une leçon tirée de l'Ancien Testament ou des épîtres des apôtres. Puis, le prêtre, avant de lire l'Evangile, prie le Seigneur de purifier son cœur et ses lèvres, comme il fit celle du prophète Isaïe avec un charbon de feu. Après l'Evangile, on lit le symbole de Nicée ; puis le prêtre offre le pain, et prie Dieu de bénir ces dons qui lui sont offerts en témoignage de notre servitude et de notre dépendance, pour être changés au corps et au sang de Jésus-Christ. En mêlant l'eau avec le vin dans le calice, il prie Dieu que, par le mystère de ce vin et de cette eau, nous obtenions la grâce d'avoir part un jour à la divinité de Jésus-Christ, qui a daigné se faire participant de notre humanité. Il invoque le Saint-Esprit pour qu'il bénisse ce sacrifice préparé pour la gloire de la divinité. Il lave ses doigts en récitant un pseaume, fait une nouvelle offrande à la sainte Trinité, et invite le peuple à s'unir à lui pour offrir à Dieu ce sacrifice pour sa gloire, l'utilité des assistans, et le bien de toute l'Eglise.

A près cela, il invite les fidèles à élever leurs cœurs à Dieu, à lui rendre grâce, et à s'anéantir devant Dieu, comme les esprits célestes qui chantent : *Saint, Saint, Saint, est le Dieu des armées.* Jusqu'à la consécration, il dit plusieurs prières pour recommander à Dieu les besoins des fidèles, le remercier des grâces qu'il a faites aux saints, unir leurs mérites à ceux de Jésus par lesquels ils ont triomphé. Après avoir prononcé les paroles de l'institution de l'eucharistie, il élève le corps et le sang de Jésus pour le faire adorer au peuple, s'avoue pécheur, et demande miséricorde ; puis il répète à haute voix la prière du seigneur, dit trois fois : *Agneau de Dieu, qui effacez les péchés du monde, ayez pitié de nous.* Après quelques prières, pour se préparer à la communion, il répète trois fois les paroles du centenier, et prie Dieu que le corps et le sang de Jésus gardent son ame pour la vie éternelle. Le reste de la messe est employé en actions de grâces, et elle finit par le commencement du saint Evangile de saint Jean. Examinez présentement, Mesdames, s'il y a là quelque chose qui ne soit pas propre à élever à Dieu.

LADY LOUISE.

Au contraire, ma Bonne, il me semble

que tout cela porte à Dieu. Que trouvez-
vous donc à redire à la messe, Messieurs?

LE CALVINISTE.

C'est qu'elle est une invention de
l'Eglise romaine, directement opposée
à l'Ecriture sainte. Saint Paul nous avertit
que Jésus, en s'immolant, a abrogé tous
les autres sacrifices, parce que le sien a
parfaitement rempli toutes les fins pour
lesquelles le sacrifice a été établi. Pré-
tendre avoir besoin aujourd'hui d'un
nouveau sacrifice, c'est accuser d'insuf-
fisance celui que Jésus a offert sur la
croix.

MADEM. BONNE.

A Dieu ne plaise, Monsieur, que nous
croyions avoir besoin d'un nouveau sacrifice! Celui qui s'offre sur nos autels,
est le même que celui de la croix. Même
prêtre, même victime, mêmes fins; il
n'y a de différence entr'eux, sinon qu'il
a commencé à être offert d'une manière
sanglante, et qu'il se perpétue d'une
manière non sanglante. Notre pontife
est éternellement prêtre selon l'ordre
de Melchisedech, dit l'Ecriture; il ne
cessera jamais d'offrir à Dieu ce que

nous lui devons, et ce que nous sommes incapables de lui rendre comme il faut, s'il n'étoit notre prêtre et notre offrande.

LE RABBIN.

J'ai lu cette épître de saint Paul, dont Monsieur parle, et il faut considérer qu'elle est adressée à nos pères, qui étoient extrêmement attachés aux sacrifices de la loi ancienne, et qui avoient peine à comprendre que l'immolation de Jésus-Christ pût les suppléer.

MADEM. BONNE.

Ce que nous pensons à cet égard, a toujours été cru dans la primitive Eglise, et bientôt je vous ferai voir que l'Eglise n'a rien innové à cet égard. Les anciens pères se servoient, comme nous, du mot *sacrifice*, et l'offroient pour les vivans et pour les morts.

LE RABBIN.

J'eus hier une conversation avec le bibliothécaire des frères Moraviens, qui est bon Luthérien, et qui pourtant ne peut souscrire au retranchement que Luther a fait de la messe. Une religion sans sacrifice, disoit-il, est un corps sans ame. Les chrétiens manqueroient de ce

qu'ont eu les patriarches dans la loi de
nature, et les juifs dans la loi écrite ;
c'est-à-dire, de rendre à Dieu, tous les
jours, le culte qu'ils lui doivent jour-
nellement.   —

MADEM. BONNE.

Je le répète, Monsieur ; la grande
preuve de l'esprit dans lequel saint Paul
a dit les paroles que vous avez alléguées,
c'est la pratique constante de l'Eglise. Or
il ne tombe pas sous les sens, que des
hommes venus dans le seizième siècle
aient mieux su ce qui se pratiquoit du
temps des apôtres, que ceux qui avoient
vécu avec leurs disciples. Les apôtres ont
fondé le christianisme dans tout le
monde, ou par eux-mêmes, ou par leurs
disciples qu'ils y ont envoyés ; et quoique
l'église ait droit de changer ce qui n'est
que de pure discipline, elle ne le fait
que par des raisons extrêmement importantes, en sorte que nous voyons les
mêmes pratiques observées religieuse-
ment de l'un à l'autre hémisphère. Quant
aux choses qui regardent la foi, on ap-
perçoit une unité de sentimens d'autant
plus frappante, que les différens peuples
avoient des mœurs tout-à-fait opposées.

Dans toutes les Eglises, en quelque endroit qu'elles fussent, nous trouvons que
les fidèles s'assembloient pour recevoir
le corps et le sang de Jésus-Christ ; que
cette communion étoit précédée, comme
celle que nous faisons aujourd'hui, de
l'offrande des dons qui devoient être changés. Nous trouvons les mêmes prières
quant au sens, que celles qui se faisoient
il y a quatorze cents ans. Les pères
appeloient cette offrande, ces prières et
cette communion, Sacrifice. Comment
des nouveaux venus, des gens sans mission et sans titre, viendront-ils nous disputer des biens que nous possédons
depuis tant de siècles?

TOLÉRANT.

Il y auroit un moyen d'abréger ces
disputes, qui, dans le fond, sont en-
nuyeuses, si Mademoiselle vouloit parler
sincèrement, là comme si elle étoit prête
à mourir, et prête à paroître devant Dieu :
je crois bien qu'elle est de bonne foi,
qu'elle s'efforce de croire; mais croit-elle,
dans le fond, la présence réelle ? Non,
je ne puis me le persuader : les sens, et
encore plus la raison s'opposent à cette
foi, quoi qu'en dise M. le Rabbin. Com-

4 *

bien de catholiques sont dans le même cas !

MADEM. BONNE.

Vous m'interrogez de la manière la plus propre à me forcer à dire la vérité, quand même j'aurois quelque intérêt à vous la déguiser, ce qui n'est pas. Ma fortune eût été rapide, si j'eusse pu me résoudre à trahir mes lumières : je vais donc vous déclarer mes vrais sentimens. J'en atteste ce Dieu vengeur du parjure. Après cela, si vous refusez de me croire, je n'ai rien à ajouter.

Je me suis, dès mon enfance, accoutumée à cultiver ma raison, c'est-à-dire que j'ai été philosophe, avant de connoître la signification de ce mot. Dans les choses les moins importantes, il falloit me convaincre pour me déterminer : inaccessible à la crainte, on n'eût pas tiré de moi l'aveu d'une chose que je ne croyois pas, quand on eût dû me mettre en pièces. J'ai compté pour rien tout ce qu'on m'a dit de la religion jusqu'à ce que je l'eusse examinée : tout ce que je vous ai dit depuis le commencement de nos conversations, est le fruit de mon examen ; notez que je l'avois fait avant

quatorze ans, et qu'il avoit été tel, que
j'aurois douté de mon existence plutôt
que de la vérité de la religion chrétienne
et catholique. Mais de toutes les vérités
qu'elle m'offre à croire, il n'y en a point
eu dont j'aie été plus intimement convaincue, que de celle de la présence
réelle : elle étoit si vive en moi, que je
différai ma première communion long-
temps au-delà de celui qui est fixé. Je
n'avois acquis cette conviction que dans
l'évangile, et ce n'est que depuis que
nous nous assemblons, que j'ai cherché
dans l'histoire les preuves de la foi des
premiers chrétiens sur l'Eucharistie ;
c'étoit uniquement par rapport à vous,
Mesdames : ma foi n'avoit pas besoin de
confirmation. Elle est telle, que je pourrois imiter saint Louis. Oui, Messieurs, si
on me disoit que Jésus paroit visiblement
sur nos autels, je vous inviterois à courir
admirer ce prodige, sans être tentée de
vous suivre. Le miracle n'ajouteroit rien
à ma foi.

BELESPRIT.

Il me semble pourtant qu'elle devroit
acquérir un nouveau degré de vivacité
par le témoignage des sens.

MADEM. BONNE.

Tenez, Monsieur, votre proposition me paroît égale à celle d'un homme qui me proposeroit d'allumer une chandelle pour aider à la lumière du soleil. Mes sens m'ont si souvent trompée, que je n'ai pas la sottise de les mettre en parallèle avec la parole de Dieu, qui m'est présentée par l'Eglise qu'il en a faite dépositaire.

LADY LOUISE.

Vous êtes bien heureuse d'avoir cette foi! Que ne puis-je devenir assez philosophe pour l'acquérir!

MADEM. BONNE.

Doucement, s'il vous plaît, Madame. Je n'ai pas dit que je devois ma foi à la philosophie : Dieu me garde de proférer un tel blasphême. La foi est un don de Dieu, et je reconnois que je lui dois la mienne; toutes mes études et celles de tous les hommes ensemble ne pourroient conduire jusque-là. Voici ce que fait la philosophie : elle écarte les obstacles de la foi, qui sont la sottise, le préjugé, une crédulité sans motifs, une obstination d'esprit et de cœur, qui fait qu'on

refuse de s'instruire crainte d'être éclairé.
L'ame purgée, guérie de ces maladies,
en devient plus propre à faire profiter
le bienfait de la loi infuse que nous
avons reçue dans le baptême, et à
l'augmenter avec le secours des grâces
journalières que Dieu nous donne à
cet effet.

BELESPRIT.

Savez-vous, Mademoiselle, qu'il me
faudroit une foi bien vive pour croire
à ces heureux effets de la philosophie ?
Ce n'est pas celle de nos jours, au
moins, qui les produit ; le plus grand
nombre des philosophes ont peu de religion : j'ai été assez initié parmi eux
pour en parler avec certitude. Sous le
beau prétexte de s'en tenir à la religion
naturelle, ils anéantissent toute religion.

Madem. BONNE.

Je ne pourrois vous répondre sur cela
sans sortir de notre sujet ; nous en rai-
sonnerons quelque jour. Tout ce que
je puis vous dire à présent, c'est qu'on
avilit le nom de philosophe en le donnant à des personnes qui assurément en
mériteroient un autre. Le premier effet

de la bonne philosophie est de nous faire connoître combien il est raisonnable de soumettre nos ténèbres aux clartés de la révélation. La mienne m'a enseignée qu'on ne peut sans folie se refuser aux preuves de la divinité de cette révélation; et c'est d'elle que me vient la fermeté de ma foi sur tous les mystères, mais sur - tout sur celui de l'eucharistie.

Lady LOUISE.

Avez - vous des raisons particulières de croire ce mystère plus fermement que les autres?

Madem. BONNE.

C'est que j'en connois les raisons. Rappelez-vous, Mesdames, tout ce que nous avons dit en parlant du mystère de l'Incarnation : nous sommes convenues qu'il étoit si digne de Dieu, si propre à remplir les fins que le Créateur a eues en tirant l'univers du néant, que nous avons osé en conclure que Jésus-Christ se seroit incarné, indépendamment du péché d'Adam, seulement pour sanctifier les hommages des hommes, et rendre à Dieu un culte digne de lui.

Tout ce que nous avons dit à l'égard de ce mystère, peut s'appliquer à celui de l'eucharistie. La terre eût été bien dénuée, si elle eût été privée de ce moyen d'adorer, d'aimer, de remercier parfaitement son auteur. Quoi de plus digne du zèle que Jésus a pour la gloire de son père, que l'institution de ce sacrifice perpétuel ! Quoi de plus digne de l'amour qu'il porte aux hommes ! Il leur offre à chaque instant un moyen facile de s'appliquer les mérites de son sacrifice sur la croix, en offrant à son père ce sacrifice non sanglant. Il n'est point de moment, ni le jour, ni la nuit, où Jésus ne soit offert à son père pour solliciter sa miséricorde et apaiser sa justice.

LE RABBIN.

J'ai pris la hardiesse d'entrer dans une chapelle catholique et d'y assister à la messe. Au moment où le prêtre leva l'hostie pour l'offrir à nos adorations, je fus saisi d'un sentiment qui me remplit de consolation. Je voyois, par les yeux de ma foi, notre médiateur suspendu entre le ciel et la terre pour arrêter la foudre prête à tomber sur nos têtes criminelles. Ah ! sans lui, nos crimes avanceroient le moment de la destruction de cet univers.

M. De BONNEFOI.

Que cette idée est belle ! qu'elle est consolante ! et que nous sommes heureux qu'elle soit confirmée par la foi ! L'oseroit-on dire ! Il manqueroit quelque chose à l'œuvre magnifique de Dieu, par rapport aux hommes, si son amour ne lui avoit pas fait opérer ce dernier prodige. Que je plains ceux qui refusent de croire une vérité si consolante !

Madem. BONNE.

Ajoutez, Monsieur, et qui refusent de participer aux trésors inestimables qui nous sont communiqués dans la sainte eucharistie. Il y a deux choses, dans la religion catholique, que je crois comme saint Thomas crut la résurrection du Sauveur : il n'eût pu en douter quand il l'eût voulu, puisqu'il avoit touché son divin corps. Ces deux choses sont : que le sang de Jésus-Christ nous est appliqué au moment de l'absolution du prêtre, et que la grâce du sacrement de pénitence aide au ferme propos. La seconde est la présence réelle de Jésus, et l'abondance des grâces qu'il communique dans la sainte communion. L'effet de ces deux sacremens est plus sensible sur mon ame, qu'un bon repas ne l'est sur mon corps quand j'ai bien faim. J'avoue, Mesdames, que cette dernière preuve n'est que pour moi : je ne la mets sous vos yeux que comme un aiguillon pour exciter votre curiosité. Essayez de faire une bonne communion, précédée d'une bonne confession, pour voir si je vous trompe.

Lady LOUISE.

Je le voudrois de tout mon cœur, et je demande tous les jours à Dieu avec larmes de me donner son Saint-Esprit pour faire un bon choix. Nous verrons ce qu'il m'inspirera à la fin de nos conférences. En attendant, je vous prie de me dire, ma Bonne, si le prêtre et les assistans communient à toutes les messes et tous les jours, et si vous gardez le pain consacré.

Madem. BONNE.

Les chrétiens de la primitive Eglise communioient chaque fois qu'ils assis-

toient à la messe, et il seroit à souhaiter
que nos mœurs fussent assez pures pour
les imiter; mais il y a bien peu de personnes qui le fassent si souvent. Nous
ne gardons point le pain consacré, car
il n'y a point de pain après la consécration; mais nous gardons le sacré
corps, sous les apparences du pain.
Voilà une différence qui se trouve entre
les luthériens et nous. Ils ne croyent la
présence réelle qu'au moment de la
communion, sans pouvoir nous donner
une raison satisfaisante de cette façon
de penser. Nous ne conservons l'eucharistie que sous l'espèce du pain.

Le CALVINISTE.

Et on ne vous la donne non plus que
sous cette seule espèce, contre le précepte formel de Jésus-Christ et la pratique de tous les temps; comme s'il étoit
permis, sous quelque prétexte que ce
soit, de changer quelque chose dans ce
qui est d'institution divine.

Madem. BONNE.

La synagogue avoit bien changé quelque chose dans la manière de manger
l'agneau pascal; quoique Dieu eût or-

donné lui-même, par la bouche de Moïse, qu'on devoit prendre ce repas mysté-rieux debout, un bâton à la main, nous voyons que les juifs le mangeoient assis, et même couchés sur des lits, à la ma-nière des Asiatiques.

LADY VIOLENTE.

En vérité, ma Bonne, je pense que les juifs faisoient en cela une grande faute, puisqu'ils désobéissoient à Dieu.

MADEM. BONNE.

Non, Madame : On ne pourroit le dire sans blasphême, puisqu'il est cer-tain que Jésus le mangea ainsi, sans quoi saint Jean n'auroit pu reposer sur son sein.

LADY LOUISE.

Je n'avois jamais fait cette remarque, non plus que lady Violente. Ah! çà, ma Bonne, nous voilà suffisamment instruites des sentimens de l'Eglise ro-maine par rapport à l'Eucharistie : il faut nous prouver à présent qu'on croyoit ce qu'elle croit dans les premiers siècles.

MISS DOROTHÉE.

Je puis commencer cette preuve à ma

manière. J'ai lu dans l'histoire des persécutions, qu'on accusoit les chrétiens d'un crime étrange. On disoit donc que dans leurs assemblées ils prenoient un petit enfant qu'ils couvroient de farine et qu'ensuite ils le coupoient par morceaux pour le manger. Quelle pouvoit être l'origine d'une pareille accusation, sinon la sainte Eucharistie dont apparemment les païens avoient entendu parler ?

MADEM. BONNE.

L'Eglise, dans les premiers siècles, gardoit un profond secret sur l'Eucharistie, pour des raisons qui ne sont pas venues à ma connoissance. Les catéchumènes sortoient du lieu où l'on célébroit avant qu'on eût commencé les saints mystères, et ce n'étoit qu'au sortir des eaux du baptême qu'ils assistoient à la messe, où ils recevoient la sainte communion pour la première fois.

TOLÉRANT.

Ce que vous dites est-il bien prouvé, Mademoiselle ? Voilà la première fois de ma vie que j'en entends parler.

MADEM. BONNE.

Cela est bien naturel, Monsieur.

Quand on est persuadé qu'on peut être sauvé indépendamment de ce qu'on croit, ce n'est guères la peine de s'instruire. Je vous donnerai des témoins des premiers siècles; d'ailleurs, ces Messieurs savent que je dis vrai.

Quelque grand que fût le secret qu'on gardoit sur la sainte Eucharistie, il y a lieu de présumer que les fidèles se permettoient d'en parler entr'eux, sans prendre les précautions suffisantes pour empêcher leurs esclaves païens d'entendre leurs conversations. Ces esclaves étoient donc autorisés dans l'accusation qu'ils portoient contre leurs maîtres, et c'est une preuve certaine de la foi qu'avoit alors l'Eglise par rapport à la sainte Eucharistie.

LADY MÉRY.

Mais, pourquoi continuoit-on à faire un mystère d'une chose qui scandalisoit les païens et autorisoit la persécution ?

LE RABBIN.

On ne le garda pas long-temps, Madame, Saint Justin, philosophe et martyr, dès l'an 150, composa une apologie des chrétiens, qui fut présentée aux empereurs, et dans laquelle il parle clairement des sacremens. Rien de plus notoire et de plus public qu'un discours de cette nature. Voici comment il s'explique :

« Nous expliquerons maintenant de
» quelle manière nous sommes consa-
» crés à Dieu, et renouvelés en Jésus-
» Christ, de peur que l'on ne croie que
» nous le dissimulons par malice. Ceux
» qui sont persuadés de la vérité de notre
» doctrine, et qui promettent de mener
» une vie qui y soit conforme, nous les
» obligeons à jeûner, à prier, à deman-
» der à Dieu la rémission de leurs péchés
» passés, et nous prions et jeûnons avec
» eux. Ensuite nous les amenons au lieu
» où est l'eau, et ils sont régénérés en
» la manière que nous l'avons été : car
» ils sont lavés dans l'eau au nom du
» Seigneur Dieu, père de toutes choses,
» et de notre Seigneur Jésus-Christ cru-
» cifié sous Ponce-Pilate, et du Saint-
» Esprit qui a prédit par les prophètes
» tout ce qui regardoit Jésus - Christ.
» Nous appelons cette ablution, *illumi-*
» *nation*, parce que les ames y sont
» éclairées. »

LADY LOUISE.

Il me semble qu'en ce temps on plongeoit celui qui devoit être baptisé, trois fois dans l'eau. M. l'Anglican, pourquoi avons-nous quitté cet usage qui étoit établi par Jésus-Christ même et par les apôtres?

L'ANGLICAN.

L'essence du baptême est que celui qui est baptisé soit touché avec l'eau dans le temps qu'on prononce les paroles, et il est indifférent qu'il soit plongé ou aspergé.

LADY LOUISE.

Ainsi vous reconnoissez, Monsieur, que l'Église a l'autorité de changer les usages les plus anciens, quand ils ne sont pas de l'essence de la chose. Ma Bonne nous l'avoit dit; mais j'ai été bien aise de l'entendre de votre bouche. Continuez, s'il vous plaît, ma Bonne, le discours de ce saint philosophe.

MADEM. BONNE.

« Après cette ablution, nous amenons
» le nouveau fidèle; et admis, comme
» nous disons, au nombre des frères,
» nous l'amenons, dis-je, au lieu où ils

» sont assemblés pour prier en commun,
» et avec attention, tant pour eux que
» pour l'illuminé et pour les autres,
» quelque part qu'ils soient, afin qu'ayant
» connu la vérité, nous puissions par les
» OEUVRES, et par l'observation des
» commandemens, arriver au salut
» éternel. »

BELESPRIT.

Sur mon honneur, Messieurs, vous
devriez récuser ce témoin. Ce saint
Justin, malgré sa philosophie, étoit un
franc papiste. Il ignoroit absolument les
dogmes de Calvin par rapport à la régénération du baptême; car il ne dit
point qu'il ait été le signe de la régénération, mais qu'il le produisoit. Vous
voyez aussi combien les chrétiens de
son temps avoient la manie de jeûner,
manie que je croyois une nouveauté
scandaleuse, quand j'ai vu avec quel
soin les réformés l'ont exclue; mais ce
qu'on ne peut lui passer, c'est son sentiment sur les œuvres. Comment donc!
il leur attribue le salut. Je le répète,
cet homme étoit papiste.

LE RABBIN.

Je vois avec une satisfaction incroyable

que dès l'an 150 l'Eglise croyoit, sur le baptême, la foi et les œuvres, ce qu'elle croit encore aujourd'hui. Continuez, s'il vous plaît, à la justifier contre les calomnies dont on l'accable en l'accusant d'enseigner une doctrine nouvelle. Des nouveautés qui ont plus de seize siècles de notoriété, ne peuvent venir que des apôtres, puisque ceux qui les publioient avoient vécu avec les disciples des apôtres, et que la doctrine exposée dans cette apologie ne fut pas contredite.

MADBM. BONNE.

« Les prières finies, nous nous saluons
» par le saint baiser (remarquez, Mes-
» dames, que les hommes étoient à
» l'église dans des lieux séparés), puis
» on présente à celui qui préside aux
» frères, du pain et une coupe de vin
» et d'eau. Les ayant pris, il donne
» louange et gloire au père par le nom
» du fils et du Saint-Esprit, et lui fait
» une longue action de grâces pour ces
» dons dont il nous a gratifiés. Après
» qu'il a achevé les prières et l'action de
» grâces, tout le peuple assistant dit
» *Amen*, c'est-à-dire en hébreu *Ainsi*
» *soit-il.* »

VI.   5

M. De BONNEFOI.

Vous ignorez, sans doute, Mesdames, combien Luther étoit cabré contre cette partie de la messe qu'on appelle *offertoire*, dans laquelle on offre à Dieu avec action de grâces les dons qui vont être consacrés. Qu'il s'en prenne à l'église des premiers siècles, où cette pratique étoit établie. La messe est de la plus haute antiquité; car on ne peut la méconnoître dans l'apologie de saint Justin.

Le CALVINISTE.

Quelle imagination! Cela ressemble-t-il à cet amas de ridicules cérémonies dont les papistes ont chargé leur messe?

M. De BONNEFOI.

Quand l'église romaine auroit changé quelques-unes des cérémonies qui étoient en usage de ce temps-là, ne m'avez-vous pas dit qu'elle avoit le droit de le faire, quand elles n'étoient pas essentielles? Ne l'imitez-vous pas dans les changemens qu'elle a faits à la manière d'administrer le baptême? Donc vous ne croyez pas ce changement criminel. Je vois dans la description de saint Justin, l'offrande des dons qui doivent être consacrés, de longues prières qui accompagnent cette offrande, le concours du prêtre et du peuple dans cette action, le baiser de paix : et je retrouve toutes ces choses dans la messe que l'on dit aujourd'hui.

LE RABBIN.

Je vais vous communiquer une réflexion qui vous échappe. Saint Justin parle à un païen, et ne cherche ni à lui prouver la vérité des choses dont il parle, ni à lui en faire connoître tout le détail. Il ne cherche qu'à lui prouver que les assemblées des chrétiens n'ont rien de criminel; et pour cela, il lui expose de gros en gros, pour ainsi dire, ce qui s'y passe; c'est tout ce qui convenoit à son dessein.

MADEM. BONNE.

Votre réflexion en produit une autre. Dans les témoignages que je vais vous donner de la perpétuité de la foi sur la présence réelle, vous ne trouverez pas un seul mot de controverse, comme sur la divinité de Jésus-Christ, sur la maternité divine, ou sur les autres points disputés par les hérétiques. Ce n'est que par occasion, et en instruisant les fidèles, que les pères en parlent.

Miss DOROTHÉE.

Et j'en conclus que ce point n'avoit point encore été contesté. On ne s'efforce point de prouver une chose dont tout le monde est d'accord, une chose claire ; mais on éclaircit celle qui est douteuse, et on donne des raisons pour affirmer celle qui est contestée.

Lady LOUISE.

Cette raison est très-bonne, ma chère : nous ne disputons point avec les catholiques sur la vérité de l'Incarnation, on ne trouveroit dans nos auteurs aucune controverse sur ce point : pourquoi ? C'est qu'on en est d'accord dans toutes les communions. Le silence sur un article de foi est donc une preuve généralement reçue, et quand on en parle, ce n'est que pour exciter la piété des fidèles, et nullement pour faire naître une foi qu'ils ont déjà. Continuez, s'il vous plaît, ma Bonne.

Madem. BONNE.

« Ensuite ceux que nous appelons » *diacres* , distribuent à chacun des

» assistans le pain et le vin et l'eau
» consacrés par l'action de grâces, et
» ils en portent aux absens. »

LE CALVINISTE.

Peut-on dire plus positivement que
le pain et le vin étoient, après la consécration, ce qu'ils étoient auparavant ?

MADEM. BONNE.

Doucement, Monsieur, saint Justin
n'a pas fini. Votre remarque prouve seulement combien il est aisé d'en imposer
aux ignorans, en ne citant que quelques
lambeaux des passages des anciens. Ces
Dames en conviendront après avoir
entendu le discours entier.

« Nous appelons cette nourriture
» *Eucharistie*, et il n'est permis à per-
» sonne d'y participer, s'il ne croit la
» vérité de notre doctrine, s'il n'a été
» lavé par la rémission des péchés et la
» nouvelle vie, et s'il ne vit conformé-
» ment aux préceptes de Jésus-Christ.
» Car nous ne les prenons pas comme
» un pain commun et comme un breu-
» vage ordinaire. Mais comme par la
» parole de Dieu Jésus-Christ s'est fait
» chair, et a pris la chair et le sang pour

» notre salut ; ainsi la nourriture sanc-
» tifiée par la prière de son Verbe, de-
» vient la chair et le sang du même Jésus-
» Christ incarné ; elle qui deviendroit
» notre chair et notre sang par le chan-
» gement qui arrive à la nourriture.
» Ensuite, nous nous rappelons ces
» choses en mémoire les uns aux autres. »

Le RABBIN.

Si vous n'êtes pas satisfait de ce témoignage, je ne sais ce qu'on pourroit
dire de plus fort et de plus positif. Saint
Justin, pour préparer les esprits aux
miracles de l'Eucharistie, cite celui de
l'Incarnation ; il nous assure que de
même que le Verbe s'est fait chair par
la parole de Dieu, de même aussi le pain
et le vin consacrés deviennent la chair
et le sang de Jésus-Christ. On ne peut
donc nier la réalité dans l'Eucharistie,
sans nier aussi l'union du Verbe avec
la nature humaine.

Le LUTHÉRIEN.

Et comme le Verbe, en s'unissant
à la chair, n'a pas détruit la chair, de
même Jésus, en s'unissant au pain, le
laisse subsister.

MADEM. BONNE.

Saint Justin semble avoir prévu l'abus
que vous faites de ces paroles ; et pour
le prévenir il ajoute, en parlant des
choses consacrées : Elles qui *deviendroient* notre chair et notre sang, par
le changement qui arrive à la nourriture.
Personne n'ignore la signification du
futur conditionnel *deviendroit* : le futur
positif est *deviendra*. Vous mangez un
morceau de pain ; je dis positivement :
ce pain deviendra votre nourriture. Vous
n'avez pas de pain, ou vous ne voulez pas
en manger ; je ne puis plus employer le
futur absolu, et dire : le pain que vous
n'avez pas *deviendra* votre nourriture ;
il faudroit dire : le pain, si vous en aviez,
deviendroit votre nourriture. Ce mot,
deviendroit, marque l'absence du pain.

MISS DOROTHÉE.

Et comme si saint Justin avoit voulu
répondre à toutes les objections des hérétiques de notre temps, il ajoute : *nous
nous rappelons ces choses en mémoire
les uns aux autres.* Voilà deux actions
bien distinctes. La réception du corps
et du sang de Jésus-Christ, et *ensuite*,

pesez ce mot *ensuite*, le souvenir que le Sauveur a exigé des fidèles en communiant.

BELESPRIT.

Je vous ai promis de vous communiquer ce que j'ai traduit des lettres de saint Ignace, qui fut martyrisé l'an de Jésus 107. Ces épîtres ont été reconnues de toute l'église en tous les temps, et vous les regardez comme réelles aussi bien que nous. Voici comment il s'exprime dans la lettre qu'il écrivit aux Philadelphiens peu de temps avant son martyre.

« Ne vous trompez pas, mes frères :
» si quelqu'un suit l'auteur d'un schisme,
» il n'aura point de part au royaume de
» Dieu ; si quelqu'un suit une doctrine
» étrangère, il ne s'accorde pas avec
» la passion de Jésus-Christ. Prenez donc
» garde d'user d'une seule Eucharistie ;
» car il n'y a qu'une seule chair de Jésus-
» Christ. » Lorsqu'il est question de ce sacrement, vous voyez que le mot de *chair* de Jésus revient tout naturellement, sans qu'il arrive jamais qu'on emploie celui de figure.

MADEM. BONNE.

On trouve dans ces épîtres la confirmation de presque tous les points de
doctrine que nous croyons aujourd'hui,
mais il ne faut pas nous écarter du point
sur lequel nous sommes. Saint Irénée,
qui vivoit dans le second siècle, avoit
dans sa jeunesse été instruit par saint
Polycarpe, disciple de saint Jean. Il fit
un ouvrage contre les hérésies à l'occasion des hérétiques de son temps, il y fait
une mention particulière de leurs erreurs.
Si la foi de la présence réelle avoit été
attaquée alors, il n'auroit pas manqué de
nommer par qui elle l'eût été. Si, au contraire, cette doctrine n'eût pas été universellement reçue, il eût compté saint
Justin parmi ceux qui vouloient introduire une opinion nouvelle. Ce n'est donc
que par occasion que saint Irénée parle
de l'Eucharistie, et voici ce qu'il en dit
en parlant des hérétiques :

« Comment pourront-ils être assurés
» que le pain de l'Eucharistie est le corps
» de leur Seigneur, et le calice son sang,
» s'ils ne le connoissent pas pour le fils
» du Créateur? Et comment disent-ils
» que la chair, qui est nourrie du

5 *

» corps et du sang du Seigneur, est
» sujette à la corruption et ne reçoit pas
» la vie? » Il dit encore : « Comme le
» pain qui vient de terre, recevant l'in-
» vocation divine, n'est plus un pain
» commun, mais l'Eucharistie compo-
» sée de deux choses, l'une terrestre et
» l'autre céleste ; de même nos corps,
» en recevant l'Eucharistie, ne sont plus
» corruptibles, mais ont l'espérance de
» l'immortalité. »

LE LUTHÉRIEN.

Vous l'entendez de vos oreilles. Il y
a deux choses dans l'Eucharistie, l'une
terrestre, qui est le pain ; l'autre céleste,
qui est le corps de Jésus-Christ. Luther,
en le disant, n'avoit fait qu'adopter le
sentiment de saint Irénée, ou plutôt de
l'Eglise.

MADEM. BONNE.

Il falloit donc dire que l'Eucharistie
contenoit trois choses, dont deux étoient
terrestres, et l'autre céleste ; car le corps
de Jésus-Christ, quoiqu'il fût le corps
d'un Dieu, n'étoit pas moins une chose
terrestre, une chose qui venoit de la
terre. Ceux qui veulent qu'avec le corps

de Jésus-Christ et sa divinité le pain reste encore, doivent y ajouter cette troisième chose dont saint Irénée ne parle pas.

Miss DOROTHÉE.

Monsieur le Luthérien, je ne suis pas une savante, au contraire on peut, sans me faire tort, dire que je ne suis qu'un enfant; mais malgré ma jeunesse et mon ignorance j'ai une ame à sauver comme les vieillards et les savans. Je trouve dans l'Evangile que celui qui n'aura pas la foi ne sera pas sauvé; donc pour sauver mon ame je dois avoir la foi. Si j'en crois chaque homme en particulier, il me dira que la foi est dans la religion qu'il professe: or ma petite raison me dit que si un de ces hommes dit vrai, les autres mentent. Que voulez-vous qu'une fille de mon âge fasse en pareil cas?

Le LUTHÉRIEN.

Qu'elle lise l'Ecriture sans s'embarrasser de ce que disent les hommes, et qu'elle forme sa foi sur les paroles de Jésus.

Miss DOROTHÉE.

Vous êtes un homme de bon conseil,

Monsieur, et je veux le suivre ; c'étoit pour avoir l'occasion de le prendre, que j'ai fait cet écart. Je m'en tiens donc à l'évangile ; et comme Jésus ne dit pas, ce pain est la figure de mon corps, ou ce pain est mon corps ; je ne crois non plus le pain dans l'Eucharistie après la consécration, que la figure. Je croirois cette vérité quand tous les autres hommes la nieroient, et quand on ne trouveroit pas un seul passage chez les anciens pour l'appuyer, parce que le témoignage de Jésus me suffit : jugez avec quel plaisir je vois mon sentiment appuyé par l'autorité de l'église qui l'a toujours cru ainsi. Elle canonise mes sentimens qui sont ceux de tous les pères, à ce que ma Bonne a promis de nous prouver ; elle nous a déjà tenu sa parole : car rien de plus positif que les passages allégués.

LE CALVINISTE.

Comme si saint Justin et les autres étoient infaillibles ! d'ailleurs, c'est une vision que de croire trouver la messe dans les paroles de ce martyr.

MADEM. BONNE.

Ne confondons rien, s'il vous plaît,

Monsieur; Mademoiselle ne vous a pas promis de vous prouver l'infaillibilité des Pères des premiers siècles, mais bien de vous faire voir par leur témoignage que l'église dans tous les temps a cru sur la réalité ce qu'elle croit aujourd'hui. D'ailleurs, si j'en crois les idées que ma Bonne m'a données de la messe, son essence consiste dans l'offrande des dons qui doivent être consacrés, dans cette consécration, et dans la consommation de la victime offerte. Or, je trouve ces trois choses dans le discours de saint Justin; donc j'y trouve la messe.

LADY VIOLENTE.

Et ce qui rend le témoignage de ce martyr beaucoup plus fort, c'est la circonstance dans laquelle il le rend. N'est-il pas vrai qu'il cherche à prouver à l'empereur que les chrétiens sont innocens des crimes dont on les accuse et qu'ils ne méritent pas les supplices qu'on leur faisoit souffrir? Un des crimes dont on accusoit les chrétiens, étoit de se nourrir de chair humaine: si saint Justin n'eût écouté que la fausse prudence du siècle, il eût caché avec soin la foi de l'église par rapport à la sainte Eucharistie; car

cette foi rappeloit l'idée des repas odieux
dont on les accusoit; à plus forte raison
se seroit-il donné de garde d'attribuer à
l'église des sentimens qu'elle n'auroit pas
eus, et qui pouvoient lui porter un grand
préjudice.

MADEM. BONNE.

Le même saint Justin fit une seconde
apologie dont j'avois oublié de vous parler, et où il dit que la sainte Eucharistie
est ce sacrifice pur qui devoit être offert
à Dieu du levant au couchant parmi les
gentils, suivant la prédiction de Malachie.

Saint Irénée rapporte aussi cette prédiction de Malachie. Voici ses paroles :

« Jésus-Christ conseilla à ses apôtres
» d'offrir à Dieu les prémices de ses
» créatures, non comme s'il en avoit
» besoin, mais afin qu'ils eussent l'avan-
» tage de la reconnoissance. Il prit du
» pain qui est l'ouvrage du Créateur, et
» rendant grâces, il dit : *ceci est mon*
» *corps*; et de même, prenant le calice,
» qui est selon nous l'ouvrage du Créa-
» teur, il déclara que c'étoit son sang,
» et enseigna la *nouvelle* oblation du
» nouveau testament, et que l'église,
» ayant reçu des apôtres, offre à Dieu

» par tout le monde, suivant ce qui est
» dit dans Malachie : *Du levant au cou-*
» *chant mon nom est glorifié entre les*
» *nations et en tous les lieux où l'on*
» *offre en mon nom la victime et le*
» *sacrifice pur.*

LE RABBIN.

L'esprit de l'église est parfaitement connu et exposé dans ce passage. C'est une oblation *nouvelle.* Elle est donc autre que celle qui fut offerte par Melchisedech : celle-là étoit de pain et de vin ; si celle de l'église étoit la même, on ne l'appelleroit pas nouvelle. Saint Irénée remarque que le prophète parle de *victime*, de *sacrifice pur.* Or, ce mot de *victime* ne pourroit s'appliquer au pain et au vin, sans renverser les idées attachées aux mots. Par victime, chez toutes les nations, on a toujours entendu le sacrifice d'une créature vivante, qui dans l'holocauste étoit entièrement détruite, et dans les autres sacrifices servoit à la nourriture du prêtre et des assistans.

LE CALVINISTE.

Et que deviennent les paroles de saint Paul, qui assure que Jésus-Christ ne s'est immolé qu'une fois ?

LE RABBIN.

Et que deviendroient les paroles de
Malachie, s'il falloit entendre, comme
vous le faites, celles de saint Paul? Pouvez-vous dire que vous êtes ce peuple
qui offre ce sacrifice perpétuel du levant
au couchant? Votre nom étoit à peine
connu lorsque des milliers de prêtres
accomplissoient au Japon la prédiction
de Malachie. Vous offrez le pain et le vin
une fois chaque mois; cela ressemble-t-il
à un sacrifice perpétuel? Rappelez-vous
ce que je vous ai dit sur les paroles de
saint Paul: elles doivent être expliquées
à ceux auxquels il les adressoit, et qui
vouloient associer les sacrifices de l'ancienne loi avec l'unique sacrifice de la
nouvelle.

Miss DOROTHÉE.

Pourquoi saint Irénée, en parlant du
calice, dit-il qu'il est, *selon nous*, l'ouvrage du Seigneur?

Madem. BONNE.

A cause des hérétiques manichéens ou
de ceux dont ces hérétiques ont tiré leur
origine: car je ne me souviens pas si on

les nommoit ainsi en ce temps. Ces gens-là admettoient deux principes dans le monde. Ils tenoient l'un pour l'auteur et le Créateur du bien, et l'autre du mal ; et ils disoient que le vin étoit l'ouvrage du mauvais principe.

MISS DOROTHÉE.

Je remarque avec quelle exactitude saint Irénée relève cette erreur, et j'en conclus qu'il n'auroit pas oublié celle de la présence réelle, si c'en eût été une ; mais je crois qu'on a déjà fait cette remarque, aussi bien que la suivante, que je vais exposer dans un nouveau jour. On étoit si éloigné, dans la primitive Eglise, de multiplier les objets de la foi, qu'on étoit obligé d'en voiler une partie pour ne pas rebuter les païens. Les catéchumènes même n'étoient admis à la parfaite connoissance de l'Eucharistie qu'après leur baptême, et on employoit un temps considérable à les convaincre de la toute-puissance de Dieu et de l'infaillibilité des promesses de Jésus-Christ, avant de leur découvrir ce prodige de son amour pour les hommes. Si l'Eucharistie n'avoit été qu'une figure, à

quoi bon ce mystère, toutes ces précautions ?

Ne pourroit-on pas dire que les auteurs que vous avez cités n'ont point
été contredits, parce qu'il y avoit alors
peu d'écrivains, et que ce peu étoit
assez occupé à combattre les hérétiques...
mais non. La présence réelle, si elle
eût été une erreur, eût attiré leur attention tout comme les autres. Hélas ! ma
Bonne, me voici réduite à chercher des
objections.

Et quand on en est là, Madame, c'est
qu'il n'y en a point de réelles. L'Eglise
avoit alors de grands hommes, Pantenus, qui étoit à la tête de l'école
d'Alexandrie ; saint Clément, à qui l'on
a donné le surnom d'*Alexandrin*, et
qui succéda à Pantenus, dont il avoit
été le disciple. A Rome, Rodon écrivit
plusieurs livres contre l'hérétique Mar-
cion, Candède, Apion, Héraclite,
Maxime et Tertullien. Nous allons parler des auteurs du troisième siècle.

Nous trouvons d'abord Origène, qui

nous apprend que la prédication étoit suivie de la célébration de l'Eucharistie. Voici ses paroles : « Personne ne doit
» ouïr la parole de Dieu, qu'il ne soit
» sanctifié de corps et d'esprit ; car il
» doit entrer peu après au festin nup-
» tial, il doit manger la chair de
» l'agneau et boire la coupe de son
» sang. » Il dit ailleurs :

« Vous qui avez accoutumé d'assister
» aux saints Mystères, vous savez avec
» quelles précautions et quel respect
» vous recevez le corps du Seigneur,
» de peur qu'il n'en tombe la moindre
» partie : car vous vous croiriez cou-
» pable, et avec raison, si par votre
» négligence il s'en perdoit quelque
» chose. »

LADY LOUISE.

A peine ai-je formé une objection, qu'elle est détruite de la manière la plus victorieuse : ce passage me paroît décisif en faveur de la présence réelle. Si on ne recevoit Jésus que spirituelle-ment, à quoi bon tant de précautions pour empêcher qu'il ne se perde quel-que partie du pain ? Car enfin, ce pain, pour être le symbole du corps de Jésus-

Christ, n'en seroit pas moins un pain ordinaire. Est-on coupable pour laisser tomber à terre quelques miettes de pain? Il me semble même que ces paroles font entendre que le corps de Jésus est non seulement sous le pain en entier, mais dans la plus petite parcelle. Le croyoit-on ainsi alors? Le croit-on encore aujourd'hui?

MADEM. BONNE.

Oui, Madame. Mais nous ne croyons pas que Jésus soit sous le pain : il a disparu, il n'en reste que les apparences.

LADY LOUISE.

Je l'entends ainsi, ma Bonne; mais l'habitude du langage et des sens entraîne dans le discours, et fait qu'on emploie des expressions qui ne répondent pas exactement à la pensée ; ce qui ne peut tirer à conséquence, quand on est convenu des choses dont on parle. Je suis persuadée que c'est la terre qui tourne et non pas le soleil; cependant il m'arrive tous les jours de dire, le soleil marche bien vite, et choses semblables. On dit le terme qui correspond à ce qui

paroît aux yeux, et non à ce qu'on a
dans l'esprit.

Miss DOROTHÉE.

Il paroîtroit naturel qu'Origène et les
autres eussent employé cette expression
avec le pain, qui nous vient si naturellement. Il falloit que la foi de la présence réelle fût bien fortement établie
et bien vive, puisqu'en dépit du témoignage de leurs sens ils ne faisoient pas
la même méprise que lady Louise. Ce
n'est pas que la chose eût nui à la cause
que ma Bonne défend; car, comme lady
le remarque fort bien, quand la chose
a été bien exprimée la première fois,
on peut employer le signe sans que cela
tire à conséquence.

Lady VIOLENTE.

Je vous demande pardon, ma chère;
j'étois à moitié distraite, et n'ai pas
trop bien compris ce que vous venez
de dire.

Miss DOROTHÉE.

Je dis que quand une fois on est
convenu que c'est la terre qui tourne
et non pas le soleil, on peut, sans
nuire à la vérité qu'on a établie, dire

que le soleil s'arrêta à la parole de Josué. Voici un autre exemple. Jésus dit positivement aux apôtres, en leur présentant le calice : *Prenez et buvez, ceci est mon sang.* Il ne doit rester aucun doute après l'attestation de Jésus ; et s'il dit ensuite, *Je ne boirai plus avec vous ce fruit de la vigne*, on sent bien qu'il emploie le nom du signe de son sang.

MADEM. BONNE.

C'est pourtant sur ces paroles que les calvinistes s'appuient pour nier la présence réelle, et les luthériens pour nier la transsubstantiation. C'est bien dommage qu'ils soient venus si tard, ils auroient éclairé les Pères des quatre premiers siècles, et tous ceux qui les ont suivis. Ils savoient ce passage aussi bien que ces chefs de sectes, et ne se sont pourtant point avisés de douter des vérités que ces derniers venus combattent. Je vais continuer mes preuves ; c'est encore Origène qui va parler.

« Quand vous participez au festin » incorruptible ; quand vous mangez et » buvez le corps et le sang du Sei- » gneur, alors le Seigneur entre sous

» votre toît. Vous, donc, vous humi-
» liant, imitez le Centenier. »

LE RABBIN.

Je ne crois pas qu'il y ait aucune vérité
mieux attestée dans toute la religion
chrétienne : est-ce donc là un de ces
dogmes nouveaux qu'on accuse l'église
romaine d'avoir établis? En vérité ceux
qui l'ont dit, ont bien compté sur l'ignorance de ceux auxquels ils parloient :
cependant on les croit sur leurs paroles,
sans recourir aux sources : continuez,
s'il vous plaît à nous les découvrir.

MADEM. BONNE.

Saint Cyprien parle peu de la sainte
Eucharistie, la présence réelle n'étant
alors combattue par personne : cependant il relève un abus qui s'étoit intro-
duit de son temps par quelques prêtres
qui, craignant qu'on ne les reconnût
pour chrétiens à l'odeur du vin, ne
mettoient que de l'eau dans le calice. Il
dit à cette occasion : « Comme le vin
» relâche l'esprit et le délivre de la tris-
» tesse, ainsi en buvant le sang du Sei-
» gneur nous perdons la mémoire du
» vieil homme. »

Voici de nouvelles preuves de la foi de la présence réelle, dans l'histoire de saint Athanase. Il étoit accusé, comme vous le savez, d'avoir fait briser un calice par un de ses prêtres : voici ce qui fut dit par les évêques égyptiens qui le justifioient :

« Puisqu'il n'y avoit point d'église dans
» le lieu où l'on dit que cet excès s'est
» commis, ni de prêtre pour sacrifier,
» que le jour ne le demandoit pas, n'étant
» pas un dimanche, comment donc y
» auroit-on brisé une coupe mystique ?
» Elle ne se trouve que chez les prêtres
» légitimes ; ils ont droit de la présenter
» aux peuples, eux qui l'ont reçue selon
» la règle de l'église. Que si celui qui
» brise un calice est un impie, celui-là
» l'est bien davantage, qui profane le
» corps de Jésus-Christ. »

M. DE BONNEFOI.

Toujours le corps, et jamais la figure ; jamais cette expression ne s'échappe des lèvres des Pères, parce que jamais l'idée de la figure ne leur étoit venue dans l'esprit, et qu'au contraire celle de la réalité y avoit fait de profondes traces.

Le RABBIN.

Et le moyen que cela fût autrement,
après la manière dont la sainte Ecriture
s'exprime à cet égard ! Je lis actuellement les épîtres de saint Paul, et cette
lecture auroit suffi pour me convaincre
de la réalité, quand même je n'aurois
jamais lu que cela. Dites-moi, M. le
Calviniste, que reçoit-on dans l'Eucharistie suivant votre opinion ? Comment
le reçoit-on ?

Le CALVINISTE.

On reçoit spirituellement le corps et
le sang de Jésus-Christ ; cette union spirituelle produit tous les effets que pro-
duiroit une réception corporelle ; elle
nous fait participer d'une manière ineffable aux mérites de la mort et passion
de notre Seigneur, qui nous sont appli-
qués dans l'Eucharistie ; et cette réception
spirituelle, cette application, se fait par
la foi.

Le RABBIN.

Ainsi ceux qui n'ont pas cette foi qui
produit cette réception spirituelle, cette
application, ne reçoivent rien du tout.

VI.   6

Le CALVINISTE.

Ils reçoivent leur jugement, ils boivent et mangent leur condamnation, selon l'apôtre saint Paul.

Le RABBIN.

Je comprends très-bien les paroles de saint Paul dans le sens des catholiques, et dans ce sens, les paroles de Jésus, quand il dit : *La chair ne sert de rien, c'est l'esprit qui vivifie.* Mais il m'est impossible d'y rien entendre dans le sens que vous y donnez, Monsieur. Si la foi rend présens les dons absens, ceux qui manquent de la foi ne reçoivent rien, n'abusent de rien, puisqu'il n'y a rien en effet. Comprenez-vous cela, Mesdames ?

Lady LOUISE.

Assurément, Monsieur; est-ce que les catholiques croient que Jésus est réellement reçu par les indignes, par ceux qui n'ont pas la foi ?

Madem. BONNE.

Non seulement les catholiques le croyent, mais les protestans le croyent aussi, c'est-à-dire qu'ils unissent deux choses contradictoires, l'abus des grâces du sacrement, de la réception spirituelle, et la non réception de ces grâces. Or, comme Monsieur vous l'a fait remarquer, il n'y a rien de réel selon eux dans le sacrement; la foi seule y rend comme présentes les choses absentes : or, sans la foi il n'y a rien de présent qu'un morceau de pain ; on n'abuse donc que d'un morceau de pain : or cet abus mérite-t-il les terribles paroles de saint Paul, qui non seulement disent que ceux qui mangent le corps du Seigneur sans s'être éprouvés eux-mêmes, boivent et mangent leur condamnation ; mais qui attribuent à ce sacrilége les maladies et les morts subites ? Encore une fois, dans l'opinion protestante, ils ne peuvent se rendre coupables du corps du Seigneur, qui n'y est pas.

Lady VIOLENTE.

Cela est clair ; mais si Jésus est réellement sous les espèces et apparences du pain et du vin, ceux qui le reçoivent indignement méritent tous les anathêmes prononcés par saint Paul. D'ailleurs, M. le Calviniste, permettez-moi de vous faire une réflexion. Ne pouvons-nous pas participer aux mérites de la mort et passion de Jésus par la foi dans tous les temps? A quoi sert donc le saint sacrement de l'Eucharistie, s'il ne nous donne rien de plus particulier? Je ne conçois pas son utilité.

M. De BONNEFOI.

Votre bon sens vous a fait une objection que nous faisons tous les jours aux protestans. Lisez les écrits des Pères, vous y verrez qu'ils ne parlent jamais de la sainte Eucharistie qu'avec des transports d'étonnement, d'admiration, de reconnoissance et d'amour : c'est, selon eux, le miracle des miracles, la plus grande preuve que Dieu pût nous donner de son amour. Calvin les a copiés dans leurs expressions, comme on vous l'a déjà dit. Or tous ces sentimens ne peuvent s'expliquer naturellement que par la présence réelle. Dans le reste il n'y a point de miracle; il n'y a rien que Dieu ne nous ait donné en plusieurs autres manières différentes.

Le RABBIN.

Que de raisons pour appuyer la foi de la réalité, dont les preuves, depuis saint Paul, se sont perpétuées par la foi de l'église jusqu'à nous ! Tertullien écrivant contre les hérétiques qui nioient que Jésus, en s'incarnant, eût pris une chair réelle, en donne pour preuve ces paroles: *Le pain que je vous donnerai est ma chair*: il n'avoit garde d'entendre la figure de la chair, ç'auroit été donner gain de cause aux hérétiques qu'il attaquoit, dont l'hérésie consistoit à dire que Jésus n'avoit pris que la figure de la chair.

M. DE BONNEFOI.

Dans son traité de la chair contre les Valentiniens, il relève la dignité de la chair par les sacremens, et dit :

« On lave la chair pour purifier l'ame ;
» on oint la chair pour consacrer l'ame ;
» on fait sur la chair le signe de la croix
» pour fortifier l'ame ; on met la chair à
» l'ombre par l'imposition des mains, afin
» que l'ame soit éclairée par l'esprit. La
» chair mange le corps et le sang de
» Jésus-Christ, afin que l'ame soit en-
» graissée de Dieu même. »

LE-RABBIN.

Voilà donc comme l'on pensoit l'an 205, sur les trois sacremens de Baptême, de Confirmation et d'Eucharistie ! car on ne peut méconnoître la Confirmation dans cette expression, *On met la chair à l'ombre par l'imposition des mains*; Voilà le signe sensible. *Afin que l'ame soit éclairée par l'esprit*. Cette illumination est la grâce invisible.

L'ANGLICAN.

Permettez-moi, M. le Calviniste, de vous faire remarquer, en passant, combien vous avez tort de nous faire un crime de l'usage du signe de la croix dans le Baptême: vous voyez qu'il étoit en usage dès le temps de Tertullien, et c'est une injustice d'autant plus grande de nous le reprocher, que nous l'avons purgé de toutes les superstitions du papisme.

M. DE BONNEFOI.

Qu'appelez-vous les superstitions du papisme? Savez-vous bien que les premiers chrétiens employoient ce signe plus souvent que les catholiques d'aujourd'hui et dans les mêmes intentions? Ils faisoient le signe de la croix sur leur nourriture et sur eux-mêmes avant de prendre leur repas, comme nous le faisons aujourd'hui; ils le faisoient dans les tentations, persuadés que ce signe de notre salut étoit tout propre à faire fuir le diable, que Jésus avoit terrassé par sa croix : ils s'en servoient pour opérer des miracles. De quel droit, s'il vous plaît, Messieurs, cherchez-vous à anéantir des pratiques aussi anciennes que l'église? Les calvinistes le rejettent absolument, les anglicans l'ont relégué dans l'administration du Baptême. Il faudra donc abolir ou conserver les pratiques anciennes selon votre gré.

LADY LOUISE.

Eh ! de quelles superstitions peut-on accompagner une pratique aussi simple ? Dans quel esprit faites-vous le signe de la croix, ma Bonne?

MADEM. BONNE.

Monsieur vous l'a dit. Nous faisons par cette action une profession publique et solemnelle d'être les disciples d'un Dieu crucifié. Nous accompagnons ce signe de ces paroles : *Au nom du Père , du Fils et du Saint-Esprit :* En un mot, nous tenons cette pratique des premiers chrétiens. Julien l'Apostat ayant usé d'artifice pour joindre quel-

ques cérémonies païennes à une libéralité qu'il faisoit aux soldats, les plus
éclairés la refusèrent ; d'autres la re-
çurent sans y faire attention. L'heure du
dîner étant venue, ces derniers, selon
la coutume, firent le signe de la croix.
Vous n'avez plus droit de faire ce signe,
leur dirent ceux qui avoient refusé la
gratification, vous n'êtes plus chrétiens,
vous avez renoncé à Jésus-Christ. Ces
pauvres gens, qui n'avoient pas eu cette
intention, rapportèrent l'argent au prince
avec une grande abondance de larmes,
et en demandant la mort, qu'il leur
refusa.

Je pourrois à cet exemple en joindre
cent autres ; mais nous devons continuer
à parcourir les premiers siècles de
l'Eglise pour vous prouver qu'elle ne
s'est jamais écartée de la foi qu'elle
professoit en ce temps-là.

Et puisque nous en sommes à Tertullien, je vous ferai remarquer
qu'étant devenu montaniste, il écrivit
un traité sur le jeûne, pour justifier
les jeûnes excessifs que pratiquoient
ceux de cette secte, et reproche aux
catholiques qu'ils ne reconnoissent

d'autres jeûnes d'obligation, que ceux qui précédoient la Pâque; et que l'on a depuis appelés Carême. Ce jeûne duroit jusqu'au soir, et on ne mangeoit qu'après le coucher du soleil; au lieu que dans les jeûnes de dévotion on mangeoit un peu plutôt. Il remarque qu'il y en avoit qui pendant ce jeûne, s'abstenoient non seulement de la chair et du vin, mais des fruits vineux et succulens; d'autres qui jeûnoient au pain et à l'eau, quoique ces deux dernières abstinences ne fussent pas de précepte. Voilà ce que Tertullien appelle le relâchement des chrétiens, et auquel il vouloit ajouter. Jugez de ce qu'il auroit pensé, s'il eût vu les réformateurs s'élever contre le jeûne et l'abstinence, comme si cette pratique eût été ignorée dans les premiers siècles de l'Eglise.

LADY LOUISE.

Je ne reviens point de voir un homme tel que Tertullien abandonner une foi qu'il avoit soutenue avec tant de force.

MADEM. BONNE.

Il tomba dans un écueil opposé à

6 *

celui des réformateurs de notre temps : ceux-ci ont retranché de la religion tout ce qui étoit pénible à la nature, le jeûne, le célibat des prêtres, les vœux de religion, en un mot toutes les pratiques gênantes. Celui-là faisoit du joug de l'Evangile un esclavage insupportable, et, comme je vous l'ai dit, croyoit qu'il y avoit des péchés irrémissibles après le baptême, contre la parole expresse de Jésus-Christ.

LADY LOUISE.

C'étoit sans doute des péchés énormes dont il entendoit parler ?

MADEM. BONNE.

Non, ma chère. Il comprenoit jusqu'aux impatiences journalières. Malgré l'hérésie de Tertullien, l'Eglise conserve ses ouvrages où il rend compte de ce qui étoit généralement reçu de son temps.

LADY LOUISE.

Permettez-moi une objection. Tertullien s'est assurément trompé lorsqu'il a cru qu'il y avoit dans cette vie des péchés irrémissibles ; ne pourroit-on pas dire qu'il s'est également trompé dans tout le reste? Peut-on compter sur le témoignage d'un tel homme?

MADEM. BONNE.

Beaucoup plus que sur celui d'un autre, Madame, puisqu'il ne peut être accusé de vouloir flatter l'Eglise, dont il abandonnoit la doctrine sur la rémission des péchés : d'ailleurs, de quoi est-il question dans tous les passages que je vous ai cités? Est-ce des sentimens des Pères dont je parle? Nullement ; ce sont des témoignages historiques que je tire de leurs écrits pour vous prouver quelle étoit alors la doctrine de l'Eglise.

M. DE BONNEFOI.

Voici un autre passage de Tertullien, où il nous donne son propre sentiment : mais ce sentiment étoit fondé sur des faits connus et reçus comme vrais. Les soldats qui recevoient des couronnes de laurier pour aller prendre des gratifications les mettoient sur leur tête ; un d'eux la tint à sa main : et comme le Préfet lui en demanda la raison, il dit qu'en qualité de chrétien il ne pouvoit la porter. Aussi il fut mis en prison après avoir été dégradé. Quelques-uns le blâmoient de s'être découvert et exposé sans raison, et disoient que ces couronnes étoient indifférentes par elles-mêmes, et que c'étoit exciter la persécution à propos de rien.

LADY LOUISE.

Je serois volontiers du sentiment de ceux-là. Quel mal y avoit-il à porter cette couronne ? Cela ne signifioit rien.

M. DE BONNEFOI.

Eh ! que signifioit de jeter quelques grains d'encens dans le feu ? Quoi qu'il en soit du cas de ce soldat, Tertullien approuva son action ; et comme on lui demandoit en quel endroit de l'Écriture ces couronnes étoient défendues, il prouve que la tradition suffit, et rapporte les exemples d'un grand nombre de pratiques fondées sur la tradition. Voici ses paroles.....

MADEM. BONNE.

Un moment, s'il vous plaît, Monsieur. Si Tertullien nous donnoit son sentiment isolé, il seroit dans le rang des auteurs de système, qu'on exa-

mine , et qu'on condamne selon qu'on
le trouve à propos. Mais quand il appuie
son sentiment des pratiques de l'Eglise ,
alors il n'est plus à lui , il appartient à
l'Eglise , et dès-là il mérite ma foi. Continuez , s'il vous plaît , Monsieur , à
nous dire les paroles de Tertullien.

M. DE BONNEFOI.

« Pour commencer par le baptême,
» la même , et encore quelque temps
» auparavant dans l'Eglise , et sous la
» main du Prélat , nous protestons que
» nous renonçons au démon , à ses
» pompes et à ses œuvres. Ensuite
» nous sommes plongés trois fois , ré-
» pondant quelque chose au-delà de ce
» que le Seigneur a déterminé dans
» l'Evangile. Etant levés des fonts ,
» nous goûtons du lait et du miel ; et
» depuis ce jour nous nous abstenons
» du bain ordinaire pendant toute la
» semaine. Le sacrement de l'Eucha-
» ristie, que le Seigneur a ordonné à
» tous , et dans le temps du repas,
» nous le prenons même aux assem-
» blées d'avant le jour , et ne le re-
» cevons que de la main de celui qui

» y préside. Nous faisons tous les ans
» des oblations pour les défunts et
» pour les fêtes des martyrs. Nous ne
» nous croyons pas permis de jeûner le
» dimanche , ni de prier à genoux.
» Nous jouissons du même privilége
» depuis Pâque jusqu'à la Pentecôte.
» Nous souffrons avec peine que l'on
» fasse tomber à terre quelque chose
» de notre pain ou de notre coupe.

» A toutes nos démarches , nos mou-
» vemens , nos entrées, nos sorties, en
» nous chauffant, nous baignant, nous
» mettant à table ou au lit , prenant un
» cierge , allumant une lampe, et fai-
» sant telle autre action que ce soit,
» nous marquons notre front du signe
» de la croix. Si vous demandez une loi
» de l'Ecriture pour ces pratiques et
» autres semblables, vous n'en trou-
» verez point : on vous dira que la
» tradition les a autorisées , la coutume
» les a confirmées , la foi les observe. »

MADEM. BONNE.

Origène rapporte en même temps
ces mêmes principes , disant que tous
les observent , quoique tous n'en sachent
pas la raison. Elles étoient donc géné-

rales dans toute l'Eglise, dans ces premiers temps ; car ces deux hommes
vivoient en des lieux bien éloignés l'un
de l'autre.

LADY LOUISE.

Je vous ai entendu dire, Monsieur
l'Anglican, que la pratique d'offrir
pour les défunts étoit une invention
de l'Eglise moderne ; et elle paroît
ancienne dès l'an 202. Dans ce temps,
l'autorité de la tradition étoit si bien
établie, que personne ne la contestoit.
De combien de fables et de calomnies
nous a-t-on bercées ? O mon Dieu !
Continuez, s'il vous plaît, ma Bonne.

MADEM. BONNE.

La persécution s'étant allumée en
Afrique, saint Cyprien craignant de
laisser son troupeau sans secours dans
ces temps de tentation, suspendit le désir
qu'il avoit du martyre, et d'une re-
traite qu'il s'étoit choisie, veilloit continuellement aux besoins des fidèles.
Voici ce qu'on trouve dans une de ses
lettres, et qui revient à notre sujet : « Que
» les prêtres qui offrent le sacrifice dans
» les prisons, y aillent tour-à-tour avec

» un diacre, parce que le changement
» des personnes les rendra moins
» odieuses. » Dans une autre lettre,
saint Cyprien dit encore : « Notre frère
» Tertullus, suivant son zèle ordi-
» naire, m'écrit les jours auxquels nos
» frères prisonniers passent à l'immor-
» talité, et nous célébrons ici pour
» leur mémoire des sacrifices que
» nous offrirons bientôt avec vous. »
Vous voyez qu'en tout temps et en
toute occasion on employoit le mot
de *Sacrifice* dans la primitive Eglise.
Elle connoissoit sans doute l'Epître
aux hébreux, aussi bien que les réformateurs; mais elle l'entendoit alors
comme elle l'entend aujourd'hui.

LADY MERY.

Il y a une chose qui me passe. C'est
qu'il y ait eu des hommes assez osés,
pour traiter toutes ces pratiques de
nouveautés criminelles, pendant qu'ils
accordent que l'Eglise des quatre premiers siècles étoit pure. Ne savoient-ils
pas qu'on pouvoit leur en donner un
démenti formel, en leur citant tous ces
passages ? Ces ouvrages sont sans doute
communs.

MADEM. BONNE.

On les trouve dans toutes les bonnes
bibliothèques, Mesdames; mais, je le
répète, ceux qui nous calomnient
savent bien que peu de personnes les
lisent: quand nos conversations seront
publiques, peut-être m'accusera-t-on
d'avoir mal traduit; et à peine l'aura-
t-on dit quatre à cinq fois d'un ton décisif, qu'on aimera mieux le croire
que d'y aller voir.

LADY MÉRY.

Vous nous citez souvent saint Cyprien, ma Bonne; vous nous aviez
promis de nous dire sa querelle avec
le pape. Monsieur le Calviniste vous a
reproché que vous l'honoriez comme
un saint, quoiqu'il soit mort rebelle à
l'Eglise.

MADEM. BONNE.

La seconde de ces deux choses est
fausse, ma chère. Pour être rebelle à
l'Eglise, il faut se révolter contre ses
décisions; et la question du baptême
des hérétiques ne fut décidée qu'après
la mort de saint Cyprien. Cette dispute
étoit d'abord fondée en quelque raison.

Il est certain que toutes les fois qu'on baptisera une personne *au nom du Père, du Fils, et du Saint-Esprit*, elle sera bien et dûment baptisée ; mais il y avoit des hérétiques, sur-tout dans la Palestine, qui dénaturoient la forme du baptême, et qui ne l'administroient pas au nom des trois personnes de la sainte Trinité ; il est clair que ce baptême étoit nul, et qu'il falloit re-baptiser ceux qui l'avoient reçu : aussi le faisoit-on dans les lieux où il y avoit lieu de craindre qu'il n'eût été donné par ces hérétiques. L'ancienneté de cette coutume trompa saint Cyprien, et l'horreur qu'il avoit pour l'hérésie lui persuada qu'il ne pouvoit rien sortir de bon de son sein ; il se trompoit à cet égard. L'indignité du ministre d'un sacrement n'en anéantit point l'effet, pourvu qu'il ait le caractère requis : or, tout le monde, en cas de besoin, peut administrer le baptême, et il seroit bon, quand même il seroit donné par un infidèle, pourvu qu'il voulût le donner, et qu'il lui donnât la même forme que l'on donne dans l'Eglise. Je suis persuadé que saint Cy-

prien se seroit soumis, si cette question avoit été décidée de son vivant,
comme elle le fut après sa mort.

LE RABBIN.

Vous me rappelez un trait que j'ai lu
dans une lettre de saint Denis d'Alexandrie; car depuis un mois je lis les ouvrages des Pères avec une grande attention, et je fais des notes sur les endroits
qui me frappent. Voici donc ce qu'il
écrivoit au pape :

« J'ai besoin de conseil, et je demande
» votre avis sur une affaire qui m'est
» arrivée, craignant de me tromper. Un
» de nos frères, ancien fidèle, s'étant
» trouvé présent depuis peu à quelques
» Baptêmes, est venu me trouver, fon-
» dant en larmes, et, se jetant à mes
» pieds, il m'a juré qu'ayant ouï les in-
» terrogations et les réponses, il connoît
» que le Baptême qu'il a reçu chez les
» hérétiques n'est point tel, et n'a rien
» de commun avec celui-ci, et qu'il est
» plein d'impiétés et de blasphêmes. Il
» sentoit, disoit-il, en son ame, de grands
» remords, et n'osoit lever les yeux à
» Dieu, tant il étoit frappé de l'impiété

» de ces actions et de ces paroles : c'est
» pourquoi il me prioit qu'il pût recevoir
» cette ablution pure, et être admis à
» l'église et à la grâce. Je n'ai pas osé le
» faire, disant que le long temps qu'il a
» passé dans la communion de l'église
» doit lui suffire. Car après qu'il a ouï la
» consécration de l'Eucharistie, et a ré-
» pondu *Amen* avec les autres ; après
» qu'il s'est présenté debout à la table ;
» qu'il a étendu les mains pour recevoir
» la sainte nourriture, et qu'il a parti-
» cipé au corps et au sang de notre
» Seigneur Jésus-Christ, je n'oserois
» recommencer à l'initier tout de nou-
» veau. » Cette lettre de saint Denis,
est un témoignage de la foi de la présence
réelle, et nous donne la clef de la
dispute de saint Cyprien avec saint
Étienne. Il ne falloit que quelques faits
semblables à celui que je viens de citer,
pour avoir prévenu l'évêque de Carthage
contre le Baptême donné par les hérétiques, en général, et il autorisa son
sentiment de l'exemple des anciens, qui
pourtant n'avoient jamais cru que le
Baptême administré comme il faut,
fût nul, mais qui le donnoient de nou-

veau à ceux qui venoient de chez les hérétiques, qui, ne croyant point à la Sainte-Trinité, ne baptisoient point au nom des trois personnes. Continuez à parcourir l'histoire, pour y trouver les preuves de la foi de l'église sur la Sainte-Eucharistie.

MADEM. BONNE.

Le dix-huitième canon du concile de Nicée regarde l'abus qui régnoit en quelques lieux, où les diacres donnoient l'Eucharistie aux prêtres. Voici comme les Pères du concile s'exprimèrent : *Les canons ne permettent, non plus que la coutume, que ceux qui n'ont pas le pouvoir d'offrir donnent le CORPS de Jésus-Christ à ceux qui l'offrent.*

LADY MÉRY.

Nous recevons le concile de Nicée, Messieurs; par conséquent nous devons croire qu'en communiant nous recevons le corps de Jésus-Christ : l'église l'a décidé ainsi dans l'assemblée la plus solemnelle, et les Pères n'auroient pas laissé passer cette expression, si elle n'eût pas été exacte.

MADEM. BONNE.

L'historien Eusèbe décrivant les cérémonies de la dédicace d'une église, à Jérusalem (c'étoit celle du St. Sépulcre),
dit ces paroles :

« Pendant la fête les évêques occu-
» poient le peuple de divers exercices
» de piété. Les uns offroient des sacri-
» fices non sanglans et des prières, etc...»
On tenoit donc alors la messe pour un
sacrifice ; ainsi l'an 335 on n'entendoit
pas bien, selon vous, les paroles de saint
Paul. Dans les reproches qu'on fait à
ceux qui avoient informé contre saint
Athanase à l'occasion du calice brisé,
le pape Jule écrivit : « On a fait ces in-
» formations devant un juge séculier,
» des catéchumènes présens, et ce qui
» est pire, des païens, et des juifs en-
» nemis du christianisme ; on a informé
» touchant *le corps et le sang de Jésus-*
» *Christ.* »

M. DE BONNEFOI.

La foi de la présence réelle étoit tellement établie dans ce siècle, que les
hérétiques même n'en doutoient pas.

L'an 380, il s'éleva en Espagne une nouvelle secte, qu'on nomma des *Priscillianistes* : le fond de leur doctrine étoit tiré de celle des manichéens et de plusieurs autres: or les manichéens s'abstenoient de manger de la chair, parce qu'ils la regardoient comme impure, et ils ne croyoient pas qu'elle fût l'ouvrage de Dieu, mais du mauvais principe. En conséquence de cette erreur, ils recevoient dans l'église la Sainte-Eucharistie, comme les autres, qui la prenoient dans la main, mais ils ne la mangeoient pas ensuite.

MADEM. BONNE.

Voici comme parle saint Ambroise, qui vivoit dans le même temps, à l'occasion de la communion qu'on donnoit aux nouveaux baptisés : « Vous direz
» peut-être : je vois autre chose ; com-
» ment m'assurerez-vous que je reçois
» le corps de Jésus-Christ? Prouvons
» que ce n'est pas ce que la nature a
» formé, mais ce que la bénédiction a
» consacré, et que la bénédiction a plus
» de force que la nature, puisqu'elle
» change la nature elle-même. » Il ajoute l'exemple de la verge de Moïse, changée

en serpent, et de plusieurs autres miracles, et dit ensuite :

« Si la bénédiction des hommes a eu
» le pouvoir de changer la nature, que
» dirons-nous de la consécration divine,
» où les paroles mêmes du Sauveur opè-
» rent? La parole de Jésus-Christ qui a
» pu faire de rien ce qui n'étoit pas, ne
» peut - elle pas changer ce qui est en ce
» qui n'étoit point? » Souvenez-vous,
Mesdames, que ce Saint vivoit dans un
temps où les protestans conviennent que
l'église étoit sans tache.

LE CALVINISTE.

Saint Ambroise dormoit quelquefois:
dans le fond, c'étoit un pauvre homme,
témoin son respect pour certaines reliques, qu'il crut avoir découvertes. Il
étoit d'une crédulité puérile par rapport
aux miracles, aussi bien que saint Augustin son disciple.

M. DE BONNEFOI.

Savez-vous bien, Mesdames, quel
étoit celui dont Monsieur parle avec
si peu de respect ?

LADY LOUISE.

J'ai toujours ouï prononcer son nom

avec éloge ; mais je ne le connois pas, non plus que saint Augustin, excepté que ce dernier n'a pas toujours été saint. Ma Bonne voudra bien nous faire un extrait de leur vie.

MADEM. BONNE.

Volontiers, Mesdames, et nous terminerons par là notre conversation.

Saint Ambroise sortoit d'une famille distinguée, son père ayant été préfet du prétoire des Gaules : il fut élevé à Rome ; son éloquence et sa capacité le firent paroître avec éclat dans l'audience de Probus, préfet d'Italie, qui le mit au rang de ses conseillers, et l'envoya ensuite au gouvernement de Milan, en lui disant : *Allez, agissez non en juge, mais en évêque.* Les Milanois s'étant divisés au sujet de l'élection d'un évêque, car les catholiques et les ariens en vouloient chacun un de leur communion, Ambroise vint promptement à l'Eglise pour empêcher la sédition, et fit un long discours pour porter le peuple à la paix. Alors tout le peuple élevant la voix, le demanda lui-même pour évêque ; et ce qu'il y eut de merveilleux, c'est que les deux partis s'accor-

VI.   7

dèrent pour faire ce choix, quoiqu'il ne
fût encore que catéchumène.

Ambroise surpris se sauva de l'Eglise,
et étant monté sur son tribunal, fit donner, contre sa coutume, la question à
quelques criminels, pour dégoûter le
peuple par cet acte de sévérité : il fit
venir ensuite chez lui des femmes dé-
bauchées, pour donner mauvaise opinion de ses mœurs ; mais voyant que
le peuple n'étoit point la dupe de son
artifice, il s'enfuit. Ayant été ramené,
on l'envoya à l'Empereur qui confirma
le choix du peuple. Ambroise s'enfuit
une seconde fois, se réfugia chez un de
ses amis, qui le dénonça ensuite, ensorte
qu'il craignit de résister à Dieu, s'il re-
fusoit plus long-temps une charge dont
il ne se trouvoit pas digne. Il fut donc
baptisé, et ordonné peu après.

Le CALVINISTE.

En sorte qu'il entra dans l'épiscopat
en violant une des règles de l'apôtre,
qui défend d'ordonner un néophyte.

Madem. BONNE.

Achevez ce que dit l'apôtre, Monsieur : *De peur qu'il ne s'enfle d'or-*

gueil. Mais on n'avoit pas cela à craindre d'un homme qui fuyoit une grande prélature avec plus de soin que les autres ne la poursuivent. Aussi son élévation fut-elle généralement approuvée de tous les évêques d'Orient et d'Occident. Il avoit alors trente-quatre ans.

Sa première action fut de se dépouiller de son mobilier en faveur des pauvres ; il donna ses biens-fonds à l'Eglise, en réservant l'usufruit à une de ses sœurs, qui avoit renoncé au mariage ; et pour ne se plus mêler des affaires temporelles, il chargea son frère du gouvernement de sa maison. Il s'appliqua ensuite tout entier à l'étude, et y passoit une partie des nuits, pour ne rien dérober de son temps à son troupeau. Ses progrès dans la science furent tels, que trois ans après son ordination il étoit regardé comme un des plus savans évêques, et cela dans un temps où il y avoit de grands hommes. Il écrivit sur la divinité de Jésus-Christ, à la prière de l'empereur Gratien, et traita de plusieurs vertus chrétiennes, sur-tout des devoirs des vierges et des veuves.

Mais de toutes les vertus de saint Ambroise, il n'y en a pas qui parussent avec plus d'éclat, que sa charité et sa fermeté. La première l'engagea à vendre jusqu'aux vases qui étoient destinés à l'autel, et à distribuer aux pauvres toute la succession de son frère, qui en mourant le fit son héritier. La seconde parut avec éclat, dans la conduite qu'il tint avec l'empereur Théodose.

Ce prince, auquel on donna avec justice le surnom de Grand, avoit ordonné dans sa colère le massacre des habitans de Thessalonique, qui l'avoient offensé ; saint Ambroise qui l'aimoit autant qu'il le respectoit, eut le courage de lui refuser l'entrée de l'Eglise jusqu'à ce qu'il eût réparé sa faute. L'Empereur non seulement se soumit à la pénitence publique, mais connoissant combien cet acte de sévérité avoit coûté à saint Ambroise, il l'en estima et l'en aima davantage.

Voilà, Mesdames, quel étoit celui dont on s'efforce de donner une petite idée, comme d'un esprit borné. Il faudroit un volume pour vous raconter les grandes actions qu'il fit pendant un long épiscopat : ce que je vous en ai dit doit suffire. Quand nous parlerons de l'honneur que l'Eglise rend aux reliques des saints, je vous ferai voir qu'Ambroise n'innova rien, et s'en tint à ce qui avoit été pratiqué depuis les apôtres sans aucune interruption.

SECONDE JOURNÉE.

Madem. BONNE.

Nous allons continuer, Mesdames, à vous prouver que la foi de la présence réelle n'a jamais varié dans l'Eglise depuis son établissement. Saint Cyrille, si célèbre pour s'être élevé contre Nestorius, s'étoit expliqué à ce sujet avec autant de force que saint Ambroise. Voici ses paroles :

« Lui-même (Jésus-Christ), donc, » ayant dit, *Ceci est mon corps*, qui » osera en douter ? Lui-même ayant » dit, *Ceci est mon sang*, qui pourra » jamais dire que ce n'est pas son sang ? » Il changea autrefois l'eau en vin aux » noces de Cana, en Galilée, par sa » seule volonté, et on refusera de croire

» qu'il a changé le vin en son sang?
» Recevons-le donc avec une entière
» certitude, comme le corps et le sang
» de Jésus-Christ. Car sous la figure du
» pain le corps vous est donné, et le
» sang sous la figure du vin, afin que,
» participant au corps et au sang de
» Jésus - Christ, vous deveniez un
» même corps et un même sang avec
» lui. » Il dit ensuite : « Ne t'arrête
» pas au sens. N'en juge pas par le
» goût, mais par la foi, et sois indu-
» bitablement persuadé que tu as l'hon-
» neur de recevoir le corps et le sang
» de Jésus-Christ. Sois persuadé que ce
» qui paroît du pain n'est pas du pain,
» quoiqu'il semble au goût, mais le
» corps de Jésus-Christ; et que ce qui
» paroît du vin n'est pas du vin, quoique
» le goût le veuille ainsi, mais le sang
» de Jésus-Christ. »

Voilà, Mesdames, comme on croyoit
l'an 387. Jugez à présent de la bonne
foi de ceux qui vous disent que le dogme
de la transsubstantiation est une opinion
monstrueuse, une abomination inventée
dans les derniers temps par l'Eglise
romaine.

LADY MERY.

Peut-être ai-je été distraite ; mais je n'ai compris qu'une chose dans ce discours : savoir, que le corps et le sang de Jésus-Christ étoient réellement dans l'Eucharistie. Je ne vois pas comment cela prouve ce que vous appelez la *transsubstantiation*.

MADEM. BONNE.

C'est que vous n'avez pas remarqué les paroles de saint Cyrille : *Sois persuadé que ce qui paroît du pain n'est pas du pain, mais la figure du pain.* Il y a donc eu un changement entier ; la substance du corps de Jésus-Christ a pris la place de la substance du pain ; il ne reste plus que la figure, les apparences du pain : voilà ce que nous appelons la *transsubstantiation*. Ce mot, comme celui de *consubstantiel*, explique parfaitement le changement de substance, comme celui de *consubstantiel* levoit toute équivoque par rapport à la divinité. Les protestans nous reprochent que ce mot est nouveau, et disent que la foi qu'il exprime est de même date, ou du moins qu'elle n'a pas son origine

dans la foi des apôtres. J'ai démontré
la fausseté de cette allégation par les
témoignages des Pères des premiers
siècles ; c'est à vous de juger entre
nous : et remarquez que ce n'est pas
dans un discours oratoire que saint
Cyrille parle ainsi, mais dans un catéchisme, une instruction aux nouveaux fidèles, où tout devoit être
exact.

LADY VIOLENTE.

J'allois vous dire que saint Cyrille parloit à des gens qui ne paroissoient pas
persuadés de la présence réelle ; mais je
vois qu'il parloit à de nouveaux chrétiens, qui entendoient parler de ce mystère pour la première fois.

LE RABBIN.

Rappelez-vous combien saint Cyrille
essuya de contradictions, lorsqu'il écrivit
contre Nestorius ; s'il n'eût pas expliqué
exactement la doctrine de l'église, au
sujet de la présence réelle, croyez-vous
qu'on n'eût pas relevé ce qu'il auroit
avancé de nouveau ? Le silence qu'on
garda à cet égard prouve qu'il étoit orthodoxe, et qu'il n'y avoit encore aucun
hérétique qui disputât cette vérité.

Le CALVINISTE.

M. le Luthérien pourroit vous ob-
jecter que du temps de saint Cyrille
même il y 'avoit un grand nombre de
solitaires qui ne croyoient pas la réalité
comme les papistes ; donc cette foi n'étoit
pas sans contradicteurs, comme vous le
dites.

MADEM. BONNE.

Ces moines, comme parle saint Cyrille,
étoient en petit nombre. Ils croyoient
que Dieu étoit corporel et borné, parce
que, selon l'Ecriture, l'homme est fait à
l'image de Dieu. Jugez du poids qu'il
faut donner au témoignage de gens qui
expliquoient si bien l'Ecriture. Voici ce
qu'en dit saint Cyrille : « J'apprends
» qu'ils disent que l'Eulogie mystique,
» c'est-à-dire l'Eucharistie, ne sert de
» rien pour la justification, quand on
» la garde du jour au lendemain : mais
» c'est une extravagance ; Jésus-Christ
» n'est pas altéré, ni son saint corps
» changé. » Voilà la réponse à votre
objection, Monsieur.

LADY LOUISE.

Il est temps de me décider. Je vous

7*

déclare donc, Messieurs et Mesdames, que je crois la présence réelle, comme on l'a crue de tout temps dans l'église, et selon l'exposition de cette foi que saint Cyrille faisoit aux nouveaux baptisés. Je n'ai pas besoin d'un plus grand nombre de témoignages. On m'avoit donné les indulgences, la pénitence, la primauté du pape, la visibilité de l'église, la trans-substantiation, comme des opinions nou-velles; on m'avoit trompée : Jésus-Christ ne m'imputera point cette erreur, j'y ai renoncé aussitôt que je l'ai connue. Con-tinuez, s'il vous plaît, à nous prouver l'ancienneté de la foi sur les autres points contestés.

MADEM. BONNE.

Nous commencerons par le sacrement de la Confirmation ; et puisque nous sommes à saint Cyrille, je vous rappor-terai ses paroles, tirées de la même ins-truction qu'il donnoit aux nouveaux baptisés.

LE RABBIN.

Permettez-moi de joindre un passage du même Saint à ceux que nous avons cités. Dans l'homélie de la cène mysti-que, il parle ainsi contre les Nestoriens:

« Qu'ils nous disent quel corps est la
» pâture des troupeaux de l'église, et
» quel breuvage les rafraîchit ? Si c'est
» le corps d'un Dieu, Jésus-Christ est
» donc vrai Dieu, et non pas un pur
» homme. Si c'est le sang d'un Dieu, le
» fils de Dieu n'est donc pas seulement
» Dieu, mais Verbe incarné. Que si
» c'est la chair de Jésus-Christ qui est
» nourriture, et son sang breuvage,
» c'est-à-dire, selon eux, un homme
» pur, comment enseigne-t-on qu'il sert
» à la vie éternelle ? Comment est-il
» distribué ici et par-tout, sans être di-
» minué? Un simple corps n'est point
» source de vie à ceux qui le prennent. »
Et dans le commentaire sur saint Jean,
il dit : « Par la réception de la Sainte-
» Eucharistie, notre chair est unie à
» celle de Jésus-Christ, comme deux
» morceaux de cire fondus ensemble,
» afin que cette union nous unisse à la per-
» sonne divine qui a pris chair, et que la
» personne du Verbe nous unisse au Père,
» auquel il est consubstantiel, etc. »

LADY LOUISE.

Pourquoi nous taisiez-vous ce passage,
qui est si beau et si sublime ?

Madem. BONNE.

Saint Cyrille prononça cette homélie
dans le cinquième siècle, Madame, temps
dans lequel les protestans disent que
l'église romaine commença d'altérer la
doctrine ; ainsi je ne vous rapporte que
ce qui a été dit avant ce temps. Ils n'ont
pu nier que saint Léon, qui occupoit
le siége de Rome dans ce siècle, n'ait été
digne du titre de Saint qu'on lui donne;
et par une contrariété étonnante, ils disent qu'il étoit un Ante-Christ commencé.
Accordez ces deux titres ensemble, si
vous le pouvez ?

Lady LOUISE.

Ne soyez pas si scrupuleuse, ma Bonne,
et quand il y aura quelque passage ins-
tructif et édifiant, avancé dans ce cinquième siècle, si nous y trouvons une
doctrine nouvelle, nous lui trouverons
sans doute des contradicteurs. Mais dites-
moi, je vous prie, qu'est-ce qui a mis
les protestans de si mauvaise humeur
contre saint Léon ?

Madem. BONNE.

Comme il se trouva dans ce siècle des

hommes ambitieux qui attaquèrent les prérogatives de son siége, il crut pouvoir les défendre, quoiqu'on ne puisse lui disputer d'avoir été très-humble quand il se regardoit comme homme privé. Reprenons ce que saint Cyrille a dit sur la Confirmation : «Jésus-Christ ayant sanc-
» tifié les eaux du Jourdain par son
» baptême, en sortit, et le Saint-Esprit
» reposa sur lui sensiblement : ainsi étant
» sortis du bain sacré, vous avez reçu
» l'onction, image de celle de Jésus-
» Christ. » Saint Ambroise avoit aussi fait mention de ce sacrement, et remarque qu'au sortir des fonts on faisoit aux baptisés l'onction sur la tête, puis on leur lavoit les pieds, et on les revêtoit d'habits blancs. Voilà les cérémonies du baptême consommées comme vous le voyez. Voici celles de la confirmation, comme ce Saint nous les rapporte : « En-
» suite ils recevoient le sceau du Saint-
» Esprit avec l'expression des sept dons. »

LE CALVINISTE.

Ces témoignages sont d'un temps bien avancé. On ne connoissoit pas cette onction auparavant.

MADEM. BONNE.

Pouvez-vous le dire, Monsieur, après ce que je vous ai déjà fait remarquer à ce sujet? Ne croyez pas que je parle ainsi par disette de preuves plus anciennes : je vais vous en donner d'un temps beaucoup plus reculé. Voici un des canons du concile d'Elvire, tenu environ l'an 305 : « En voyage, sur mer, ou si l'église n'est » pas proche, un chrétien qui a conservé » l'intégrité de son baptême, et qui n'est » point bigame, pourra baptiser un » catéchumène en nécessité de maladie; » à la charge s'il survit, de le mener à » l'évêque, pour le perfectionner par » l'imposition des mains. »

Dans le concile général qui fut tenu à Constantinople l'an 381, on régla les différentes manières de recevoir les hérétiques; et voici ce qui fut résolu par rapport à ceux dont le baptême étoit valide : « On leur donne premièrement » le sceau ou l'onction; en faisant cette » onction, on dit : le sceau du Saint- » Esprit. » On trouve encore chez les Grecs les mêmes onctions et les mêmes paroles pour le sacrement de la Confirmation.

Nous avons un décret du pape Libère de l'an 385, où il dit, en parlant des Ariens : « Ils seront reçus, comme les » autres hérétiques, par la seule invo- » cation du Saint-Esprit et l'imposition » des mains de l'évêque. »

Vous voyez clairement par tous ces passages, que le sacrement de Confirmation est aussi ancien que l'église, et qu'en l'administrant aujourd'hui elle ne fait que ce que son divin chef lui a ordonné par ses apôtres.

LADY VIOLENTE.

Avant de parler des autres sacremens, permettez-moi de vous rappeler une des plus fortes objections que nous ayons à faire contre vous, et à laquelle il me semble que vous n'avez pas assez répondu, en parlant de l'Eucharistie.

N'est-il pas vrai que Jésus-Chrit a ordonné ce sacrement sous les deux espèces? N'est-il pas vrai que la pratique constante de la primitive église étoit de donner la coupe aux fidèles? Elle la croyoit donc nécessaire? De quel droit l'église romaine a-t-elle retranché cette coupe? Se croit-elle plus sage que Jésus-Christ et que les apôtres? A-t-elle le pouvoir de changer ce qui fait l'essence des sacremens ?

MADEM. BONNE.

Non assurément, Madame; aussi ne l'a-t-elle pas fait. La question est d'examiner si la réception de la coupe est nécessaire à l'intégrité du sacrement ; secondement, s'il est vrai que dans la primitive église on ne communiât jamais que sous les deux espèces : enfin , si l'église a le pouvoir de changer les cérémonies qui ne sont pas essentielles aux sacremens. Je ne doute pas que de grands hommes, de célèbres théologiens, n'aient répondu à ces objections; je ne les ai jamais lues, et ce sera par mes seules lumières que je vais vous répondre. Si ce que j'aurai l'honneur de vous dire ne vous satisfait pas, j'aurai recours aux sources.

LE CALVINISTE.

Vous convenez que l'église romaine emploie un fatras de cérémonies qui ne sont pas essentielles aux sacremens : pourquoi les a-t-elle instituées? Si elles ont été bonnes dans un temps, pourquoi les changer dans un autre ? N'avouerez-

vous pas que parmi ces cérémonies il
y en a plusieurs qui viennent des Juifs,
et même des païens, comme la fête des
lumières, l'eau lustrale que vous avez
remplacée par votre eau bénite, et mille
autres ?

MADEM. BONNE.

Vous me demandez à quoi servent les
cérémonies ? A occuper l'esprit des créatures qui ont une ame et des sens. C'est
par les sens que nous viennent toutes les
distractions dans la prière, et il n'y a
que les ames privilégiées, celles qui ont
fait les plus grands progrès dans la vertu,
qui soient assez dégagées des objets extérieurs, pour se livrer à la contemplation
d'un être sur lequel les sens n'ont aucune prise. Les cérémonies visibles fixent
les sens, les remplissent des effets du
mystère, qu'elles rendent en quelque
façon sensibles : en un mot, elles sont des
livres pour les ignorans.

M. DE BONNEFOI.

L'église, en instituant les cérémonies
qui accompagnent les sacremens, ne
fait qu'entrer dans l'esprit de son divin
chef. Il pouvoit se communiquer à

nous sans signe sensible : cependant vous voyez que ses sacremens en sont accompagnés.

Le RABBIN.

Dieu étoit descendu lui-même dans le détail le plus minutieux par rapport aux cérémonies : sa loi en étoit chargée ; et plus un peuple est grossier, ignorant, et conduit par les sens, plus les cérémonies deviennent nécessaires.

Madem. BONNE.

Aussi l'église a-t-elle multiplié ces secours à mesure que les chrétiens se sont plus éloignés de la première ferveur. Les premiers chrétiens renonçoient au plus grand nombre des emplois publics, ou pour ne s'occuper que de la seule chose nécessaire, comme Madeleine, ou par la crainte de se souiller par des cérémonies païennes. Une partie vendoit son bien pour imiter la pauvreté de Jésus-Christ, et tous étoient dans la disposition de donner leur sang pour la foi qu'ils embrassoient. Vous avouerez que de pareils chrétiens devoient vivre dans une grande union avec Dieu, et étoient bien plus en état que nous de se passer des cérémonies ; cependant nous les trouvons établies et pratiquées comme anciennes dans le troisième siècle ; n'est-il pas vrai qu'il est tout naturel de penser qu'elles venoient des apôtres, qui, attentifs à tout ce qui pouvoit servir à nourrir la piété des fidèles, n'avoient eu garde d'oublier ce moyen efficace de l'augmenter ?

LE CALVINISTE.

Non, Mademoiselle, les cérémonies ne nourrissent point la piété, au contraire on ne s'occupe que des choses qui frappent les sens, sans remonter à celles qu'elles signifient, et cela ruine le culte en esprit et en vérité, qui est le seul digne de Dieu.

LADY LOUISE.

Oh ! pour cela, Monsieur, je ne puis être de votre avis ; je suis de ces chrétiennes imparfaites dont la piété a besoin d'être excitée. Je me suis trouvée une fois à un baptême chez les catholiques ; le prêtre m'avoit donné un livre où toutes les prières qu'il faisoit étoient traduites en français, et où toutes les cérémonies

qu'il fit étoient expliquées ; savez-vous
bien que je fus remuée jusqu'au fond de
l'ame ? Mes larmes couloient malgré
moi ; et l'impression de piété que cette
vue produisit sur moi dura plusieurs
jours. Je n'ai jamais éprouvé rien de
semblable,lorsque j'ai vu administrer le
baptême parmi nous.

LE CALVINISTE.

Pourquoi changer des cérémonies ,
qui une fois ont été utiles ? Pourquoi
en adopter de païennes ?

MADEM. BONNE.

Je vous l'ai déjà dit, Monsieur, la
plupart de nos cérémonies, sur-tout
dans l'administration des sacremens,
sont aussi anciennes que l'Eglise : par
rapport à celles dans lesquelles on a
fait quelque changement, c'est que les
mœurs ont changé , c'est que les raisons qu'on a eues d'établir certaines
cérémonies ont cessé. Au commencement de la tranquillité que la conversion de Constantin apporta dans l'Eglise,
on détruisoit les temples des faux dieux
jusques aux fondemens : il eût été dan-
gereux de laisser subsister alors ces

objets de l'ancien culte des païens,
c'étoit une tentation qu'il falloit leur
ôter. Lorsque la foi fut bien établie,
et que le paganisme fut relégué, pour
ainsi dire, dans les confins de l'Empire, on changea de conduite ; au lieu
de détruire les temples, on se contenta
de les purifier. Ainsi, le Panthéon à
Rome, qui étoit consacré à tous les
Dieux, fut consacré à Dieu sous le nom
et l'invocation de Marie et de tous les
saints ; et comme sa figure étoit ronde,
on l'appela Notre-Dame de la Rotonde.
On peut donc peser les circonstances
du temps pour changer les usages.

M. DE BONNEFOI.

Dans le temps de la primitive Eglise,
où le nombre des fidèles n'étoit pas
grand, où l'on avoit besoin de faire
passer les catéchumènes par de longues
épreuves, où ils devoient recevoir des
instructions qui demandoient un temps
considérable, il étoit sage que l'évêque
se réservât la fonction du baptême, et
qu'il fût administré à un temps fixé. Les
raisons de cet usage ayant cessé lorsque
le christianisme fut bien établi, on cessa

aussi de l'observer et on baptisa en tout temps.

MADEM. BONNE.

Vous demandez, Monsieur, pourquoi nous avons reçu dans l'Eglise des cérémonies imitées de celles des païens et des juifs. C'étoit pour imiter l'exemple de l'apôtre qui disoit de lui-même : *Je me suis fait tout à tous, pour les gagner à Jésus-Christ.* Il n'ignoroit pas que les cérémonies judaïques avoient été abrogées, et ne laissa pas de faire circoncire un de ses disciples. Je crois que c'est Timothée. Pour ne pas éloigner et scandaliser les juifs, il observa les cérémonies judaïques dans un vœu qu'il avoit fait. Parmi les nouveaux chrétiens, il y en avoit de foibles qui regrettoient certaines fêtes indifférentes par elles-mêmes, et qui n'avoient d'autre venin que l'intention dans laquelle on les faisoit ; il arriva même, lorsque la ferveur qu'on avoit eue pendant la persécution fut ralentie, que plusieurs chrétiens se laissoient entraîner à ces fêtes païennes, entr'autres à celle qu'on appeloit la fête des lumières : l'Eglise, pour empêcher ce mal, usa d'une sage

condescendance, et occupa ses enfans
d'une fête spirituelle dans laquelle tout
étoit illuminé. Après avoir sanctifié les
temples des païens, on pouvoit bien
sanctifier leurs usages.

Miss DOROTHÉE.

Puisque vous condamnez tout changement dans la discipline, pourquoi
mangez-vous des bêtes avec leur sang?
et que ne vous servez-vous à la bou-
cherie de la synagogue? Car l'ordonnance en avoit été portée dans un
concile tenu par les apôtres mêmes.
Pourquoi baptisez-vous les enfans en
tout temps? Pourquoi ne passez-vous
pas les veilles des grandes fêtes dans
les Eglises, comme on le faisoit alors?
Pourquoi vous donnez-vous réciproquement des étrennes au premier jour de
l'an? Pourquoi ne jeûnez-vous pas le
carême, à la manière des premiers
chrétiens, qui ne mangeoient qu'après
le coucher du soleil?

Le CALVINISTE.

J'avoue qu'il y a des usages et des
cérémonies qui n'ont rien d'essentiel,
et qu'on peut changer; mais il n'en

est pas ainsi de celles qui sont d'institution divine, auxquelles on ne peut
toucher sans crime. Tel est le retranchement de la coupe, on n'a pu l'ôter
aux fidèles, sans aller contre l'ordre
exprès de Jésus-Christ, *Buvez-en tous.*
C'est attaquer l'intégrité du sacrement
de n'en donner qu'une partie; aussi
voyons-nous l'usage de la coupe généralement établi dans la primitive Eglise:
vous ne pouvez le nier.

MADEM. BONNE.

Pas si généralement que vous le
croyez, Monsieur. Les fidèles, dans le
temps de la persécution, emportoient
chez eux la sainte Eucharistie; les solitaires en Egypte en faisoient autant.
C'étoit la coutume de la porter pendue
à son col dans les voyages, comme
nous le voyons dans la vie de saint Sa-
tire, frère de saint Ambroise. Or, il
n'est pas à présumer qu'on emportât la
sainte Eucharistie sous l'espèce du vin;
cela auroit été sujet à trop d'inconvéniens; et d'ailleurs le sacrement est tout
entier sous chaque espèce.

LADY LOUISE.

Comment peut-on prouver, je vous

prie, que Jésus-Christ est tout entier sous chacune des deux espèces ?

MADEM. BONNE.

Il ne faut pour cela, Madame, que se rappeler le moment de l'institution de l'Eucharistie. *Prenez et mangez*, dit Jésus-Christ, *ceci est mon corps*, un corps vivant, tel que je l'ai actuellement. Ce fut un corps vivant que Jésus donna à ses apôtres : or, un corps vivant n'est point séparé de son sang, non plus que le sang n'est point séparé du corps.

LE RABBIN.

Je ne puis m'empêcher de penser que nous prenons ici une peine inutile. Lady Louise, permettez-moi de vous faire une question : après toutes les preuves qui ont été alléguées, n'êtes-vous pas convaincue que Jésus-Christ a promis d'être toujours avec son Eglise, de présider à ses décisions et de ne pas permettre que les portes de l'enfer prévalussent jamais contre elle ?

LADY LOUISE.

Je fais plus, Monsieur, c'est que je suis convaincue que l'Eglise catholique

VI.   8

est celle à laquelle Jésus-Christ a fait des promesses; ce n'est point en doutant que je fais des questions, mais pour m'édifier : souffrez donc que je les continue.

MADEM. BONNE.

Je me souviens d'avoir lu dans l'Histoire Ecclésiastique , qu'on rendit aux fidèles la communion sous les deux espèces à l'occasion des manichéens : vous vous souvenez qu'ils avoient horreur du vin : or , un de leurs principes étoit, qu'on pouvoit se parjurer quand il étoit question de rendre raison de sa foi. On ne pouvoit donc les distinguer des catholiques qu'à la réception de la coupe , et on employa ce moyen pour les connoître. Donc la coupe avoit été retranchée aux fidèles, et on la retrancha de nouveau, lorsque la raison pour laquelle on la leur avoit rendue ne subsista plus , c'est-à-dire, lorsque la secte des manichéens fut anéantie.

MISS DOROTHÉE.

Chez les protestans, où l'on croit qu'en prenant la coupe on ne reçoit que du vin, il n'y a pas d'inconvénient que cette coupe soit renversée, qu'il en tombe quelque goutte ; mais chez les catholiques, où l'on est persuadé qu'il n'y a plus de vin, mais qu'il a été transmué, changé au précieux sang de Jésus-Christ, il y auroit un grand inconvénient d'en laisser perdre une seule goutte ; ce qui est presque inévitable, quand le nombre des communians est considérable.

LE CALVINISTE.

Le même inconvénient devoit arriver au temps de la primitive Eglise, où les chrétiens s'assembloient en un seul lieu.

MADEM. BONNE.

Le nombre n'en étoit pas considérable, Monsieur. Vous voyez par les passages que nous avons allégués, qu'on conservoit une partie de la sainte Eucharistie pour les absens ; ainsi tous n'y assistoient pas. Il est tel jour où l'on communie des milliers de personnes : quel vase pourroit contenir une assez grande quantité de vin pour tant de personnes ? Au reste, je vous ai déjà dit que je n'ai jamais rien lu sur cet

article ; ainsi je ne puis vous dire en
quel temps ni à quelle occasion s'est
fait le retranchement de la coupe ;
mais comme la foi de tous les temps
m'apprend que Jésus est tout entier
non seulement sous chacune des deux
espèces, mais encore dans chaque partie
du pain et du vin consacrés, cela me
suffit pour être tranquille sur ma communion, quand même je ne recevrois
qu'une petite partie de l'hostie.

Le RABBIN.

On vous a fait remarquer que la
synagogue avoit eu le droit de changer
l'ordonnance d'un sacrifice ordonné par
Dieu même ; que ce changement avoit
été approuvé de Jésus-Christ, puisqu'il
s'y étoit conformé. L'essence du sacrement de nos pères étoit de manger
l'agneau : cette chose essentielle, Jésus
l'observe sans blâmer les juifs qui
s'étoient éloignés de l'ordonnance primitive pour des raisons dont l'Ecriture
n'a pas jugé à propos de nous rendre
compte, mais qui sans doute étoient
bonnes, puisque Jésus les a approuvées.
L'essence du sacrement de l'Eucharistie
est, que le pain et le vin soit changé au

corps et au sang de Jésus-Christ pour devenir la nourriture des fidèles. Cette fin de l'institution du sacrement se trouve également remplie, soit que l'on communie sous une seule ou sous deux espèces : l'Eglise, pour des raisons qui ne sont pas venues à ma connoissance, ne donne ce sacrement aux fidèles que sous l'espèce du pain ; mais Jésus-Christ y est contenu tout entier, puisqu'un corps vivant n'est point sans son sang comme on vient de vous le dire : elle n'a pas touché à l'essence du sacrement, et peut, comme la synagogue, régler la manière de faire ce banquet sacré, dont l'agneau pascal étoit la figure.

Le LUTHÉRIEN.

Voilà ce qu'on ne me persuadera jamais. Nulle créature n'a droit de changer ce que Jésus a ordonné.

Miss DOROTHÉE.

Rappelez-vous, Monsieur, les paroles de Luther qu'on vous a citées. Il croyoit si peu que la communion sous les deux espèces fût une chose essentielle, qu'il protestoit que si l'Eglise romaine l'eût adoptée, il l'auroit rejetée pour s'en tenir à une seule espèce. Vous me direz que Luther ne savoit ce qu'il disoit quand il parloit ainsi; mais comme vous n'êtes pas plus infaillible que votre maître, il y en aura qui prendront, par rapport à vous, la liberté que vous prenez par rapport à lui, c'est-à-dire, qui penseront que vous ne pensez pas juste, lorsque vous soutenez la nécessité de la communion sous les deux espèces.

MADEM. BONNE.

Je n'ai qu'un mot à vous dire, Mesdames, par rapport au sacrement de l'Extrême-Onction : on la trouve expressément marquée dans l'épître de saint Jacques ; mais l'Esprit a dit à ces Messieurs que cette épître est apocryphe : c'est la décision de Dordrecht : que si vous me demandez ce que c'est que cet Esprit qui a si bien instruit ces Messieurs, je vous répondrai que c'est le même qui a dicté que les fidèles prédestinés ne pouvoient perdre la grâce, quelque grands que fussent les péchés qu'ils commissent ; mais que ces crimes ne leur en ôteroient que le sentiment. Jugez, par cette décision, de la foi qu'il faut avoir pour la première.

LADY LOUISE.

Ne trouve-t-on dans l'antiquité aucun vestige de ce sacrement, outre l'épître de saint Jacques ? Vous rappelez-vous ce que dit cet apôtre ?

MADEM. BONNE.

Voici comment il s'explique : « Quel-
» qu'un est-il malade ? Qu'il appelle les
» prêtres de l'Eglise, et qu'ils prient sur
» lui, en l'oignant d'huile, au nom du
» Seigneur, et la prière de la foi sauvera
» le malade ; le Seigneur le soulagera,
» et s'il a commis des péchés, ils lui
» seront pardonnés. » Je ne trouve rien dans les quatre premiers siècles au sujet de ce sacrement qui n'avoit jamais été attaqué ; mais voici ce que dit le pape saint Innocent dans une décrétale qu'il envoya à un évêque. Je la rapporterai presque toute entière, parce qu'elle éclaircit bien des points contestés.

Il se plaint d'abord du mépris des traditions que l'église a reçues de l'apôtre saint Pierre. « Vu principalement, dit-il,
» qu'il est *manifeste* que personne n'a
» institué des églises dans l'Italie, les
» Gaules, les Espagnes, l'Afrique, la

» Sicile et les îles adjacentes, sinon ceux
» que l'apôtre saint Pierre ou ses suc-
» cesseurs ont établis évêques. » Et in-
terpellant celui auquel il adresse sa lettre,
il lui dit :

« Vous êtes sans doute souvent venu
» à Rome ; vous avez assisté aux assem-
» blées de votre église ; vous avez vu
» quel usage elle observe, soit dans la
» consécration des mystères, soit dans
» les autres actions secrètes : ce qui suf-
» firoit pour votre instruction. »

Le CALVINISTE.

Vous nous alléguez là une belle autorité avec votre décrétale ! ignorez-vous
que ces sortes de pièces sont absolument
décriées, même parmi les catholiques
éclairés ? c'est le principal canal dont
les papes se sont servis pour répandre
les traditions humaines qu'ils ont substi-
tuées petit à petit à l'Écriture sainte.

MADEM. BONNE.

Je nie d'abord que les décrétales soient
décriées parmi les catholiques ; car je
n'appelle pas de ce nom tous ceux qui
restent extérieurement dans l'église. Je
nie, en second lieu, que les traditions

reçues dans l'église soient contradictoires avec aucun des passages de l'Écriture, et je vous défie de m'en faire voir
un seul qui en soit attaqué; mais ce n'est
pas là de quoi il est question.

Le RABBIN.

En effet, Monsieur, ne considérons
point cette décrétale comme ayant été
écrite par le pape : voyons-la comme
l'ouvrage d'un historien de l'an 416,
temps assez voisin des apôtres. Le pape
n'y ordonne rien. Il ne dit point, je trouve
à propos que l'on change tel ou tel usage;
mais je me plains qu'on n'observe pas
ceux qui viennent de l'apôtre saint Pierre.
Il se sert même de paroles remarquables.
Il est manifeste, dit-il : c'est-à-dire, c'est
une chose publique, connue. Il ne vient
point annoncer des traditions obscures
et dont personne n'avoit entendu parler : nommez-nous des évêques qui aient
contredit à ce qu'il avance dans cette
décrétale?

Le CALVINISTE.

Oh! dès ce temps-là on avoit contredit
plusieurs des dogmes crus dans l'église

8 *

romaine, et ce sont les mêmes que nous
rejetons aujourd'hui.

M. De BONNEFOI.

Voulez-vous adopter pour vos pères
et vos apôtres ceux qui publioient une
doctrine contraire aux dogmes reçus
alors dans l'église? Direz-vous avec Pe-
lage, qu'il n'y a point de péché originel;
avec les Manichéens, qu'il y a deux principes? Car tous ceux qui ont nié la prière
pour les morts, l'invocation des Saints,
etc., attaquoient outre cela quelques-uns
des dogmes fondamentaux. C'est précisément parce que de pareilles gens ont
attaqué les dogmes que vous rejetez aujourd'hui, que nous connoissons qu'ils
venoient du temps des apôtres. On
n'attaque point ce qui ne subsiste pas.
Comme ces hérétiques rejetoient des
dogmes que vous croyez aussi bien que
les catholiques, vous ne pouvez croire
qu'ils aient été animés du Saint-Esprit;
car ceux qu'il éclaire d'une manière
spéciale ne peuvent chercher à ruiner
la religion chrétienne, comme ont fait
ceux-là. La résistance qu'ils ont trouvée
dans l'église, tant sur les uns que sur
les autres points, vous est une assurance

de l'infaillibilité des promesses de Jésus à son égard. Continuez, je vous prie, Mademoiselle, à nous répéter ce qui vient à notre sujet dans la décrétale du pape saint Innocent.

MADEM. BONNE.

Après avoir récapitulé plusieurs points de discipline sur le jeûne, la célébration du sacrifice des autels, etc., il dit : « Il » n'y a que l'évêque qui puisse donner » aux enfans le sacré sceau ; nous l'ap- » prenons non seulement par la cou- » tume des Eglises, mais encore par » l'Ecriture Sainte, dans les Actes, en » la personne de saint Pierre et de » saint Jean. Les prêtres peuvent bien » faire aux baptisés l'onction du chrême, » pourvu qu'il soit consacré par l'évêque; » mais ils n'en peuvent marquer le » front, cela n'est permis qu'aux évê- » ques, quand ils donnent le Saint- » Esprit. L'onction des malades peut » être faite par les prêtres suivant l'épître » de l'apôtre saint Jacques, et la raison » en est, que les autres occupations des » évêques ne leur permettent pas d'aller » à tous les malades : mais l'huile de

» cette onction doit être consacrée par
» eux. On ne la donne point aux péni-
» tens, parce que c'est un sacrement.
» Quand vous viendrez ici, je vous dirai
» le reste, qu'il n'est pas permis d'écrire.
» Je ne puis dire les paroles, de peur
» que je ne semble plutôt trahir les
» mystères, que répondre à une con-
» sultation. »

L A D Y LOUISE.

Il y a bein des choses remarquables
dans cette lettre écrite l'an 416. D'abord,
on croyoit dans ce temps, que l'épître
que ma Bonne a citée étoit de l'apôtre
saint Jacques. Ensuite le pape parle de
ces deux sacremens comme de choses
reçues non seulement d'après la sainte
Ecriture, mais encore d'après une ancienne coutume. Or, le mot d'*ancienne*,
en 416, ne peut s'entendre que du temps
des apôtres.

LE RABBIN.

Je fais une réflexion qui me paroît
fort importante. Ces lettres des papes,
et même celles que les évêques s'écri-
voient réciproquement lorsqu'il étoit
question de doctrine, se lisoient publiquement à tous les fidèles.

LE LUTHÉRIEN.

C'est de quoi nous n'avons nulle preuve ; elles ne se lisoient qu'au clergé.

Miss DOROTHÉE.

Vous n'avez donc pas écouté la lecture que ma Bonne vient de nous faire ? Ceux qui étoient prêtres savoient assurément les paroles de la consécration et les autres, qu'on employoit dans l'administration des sacremens : si le pape n'eût eu qu'eux en vue, il n'auroit pas dit qu'il ne lui étoit pas permis de trahir les mystères ; cette lettre étoit donc pour tout le peuple qui les ignoroit.

LE RABBIN.

Vous avouez, Monsieur, que l'Eglise des premiers siècles étoit pure, qu'elle étoit l'organe du Saint-Esprit : par conséquent, tout ce qu'elle faisoit étoit louable, juste et bon. Or, ce secret qu'on gardoit sur les saints mystères, nous en ignorons les raisons. Vous n'êtes pas assez téméraire, je pense, pour condamner cette conduite de l'Eglise, quoique vous en ignoriez les motifs ; ayez la même réserve par rapport à ce

qu'elle a fait à l'égard de plusieurs
points de discipline, quoique vous ne
connoissiez pas la raison de sa conduite.

Miss DOROTHÉE.

Je crois qu'il est permis de deviner,
ma Bonne; et voici quelles sont mes
conjectures à cet égard. La charité
chrétienne obligeoit les apôtres à user
de ménagemens envers les païens; et
la prudence leur imposoit la loi de ne
point leur parler des prodiges d'amour
que Jésus opère continuellement en
faveur des hommes, par le moyen des
sacremens, avant qu'ils fussent bien
convaincus de la divinité de celui qui
opéroit ces prodiges. Ce n'étoit qu'au
sortir des eaux du baptême qu'on les en
instruisoit, parce que dans ce sacrement ils avoient reçu la foi infuse qui
les faisoit croire.

Le CALVINISTE.

Mauvais raisonnement. Le secret se
gardoit même envers les chrétiens,
comme vous venez de le dire vous-
même; mais il faut que miss Dorothée
parle et raisonne de tout à propos ou
hors de propos.

Miss DOROTHÉE.

Passons sur l'apostrophe, que je ne releverai pas. Ayez la bonté, Monsieur, de distinguer deux choses, ou deux sortes de secrets. Les païens même catéchumènes n'avoient aucune connoissance de nos mystères, qu'ils apprenoient au moment de la régénération. L'instruction qu'on leur faisoit au sortir des fonts baptismaux étoit proprement un catéchisme, comme nous l'avons remarqué. Ils apprenoient alors ce qui regardoit les deux sacremens qu'ils alloient recevoir ; car ils avoient été instruits long-temps sur le baptême et sur la morale. Je ne sais si ma mémoire me trompe ; mais je crois avoir lu que saint Paul, dans une de ses épîtres, dit aux fidèles auxquels il écrivoit, qu'il les avoit d'abord traités comme des enfans, en ne leur donnant que du lait ; mais qu'étant devenus des hommes faits, il leur donnoit une nourriture plus solide, des instructions plus relevées.

Lady LOUISE.

Mais, ma chère, que servent toutes

ces remarques à la doctrine dont il est
question entre nous ?

Miss DOROTHÉE.

Elles n'y sont point étrangères, Madame, comme vous l'allez voir. Outre
ce premier secret qui étoit pour les
païens, il y en avoit un autre qui étoit
pour les chrétiens mêmes, et c'étoit les
paroles dont on se servoit pour les sacremens, et qui en faisoient la forme.
Il n'étoit point rare de voir des infidèles
retourner à leur vomissement, c'est-à-
dire au culte des idoles. Porphyre, un
des plus grands ennemis de la religion
chrétienne, avoit été lui-même chrétien :
or, il étoit à craindre que ces mauvais
chrétiens, retournés au paganisme, ne
profanassent les saints mystères, et les
paroles par lesquelles ils étoient opérés.
Voilà pourquoi on les leur cachoit.

Lady LOUISE.

Cette raison me paroît fort bonne,
et je ne sais comment elle ne m'est pas
venue dans l'esprit.

Miss DOROTHÉE.

C'est l'histoire de saint Genès qui me
l'a fait trouver. J'ai appris, en la lisant,

que les païens prenoient souvent les
chrétiens pour sujet de leur comédie,
et qu'ils y tournoient en ridicule ce
qu'ils savoient de nos mystères. Un jour
donc que saint Genès, qui étoit comé-
dien, devoit jouer un pareil rôle, il
cria qu'il étoit bien malade et qu'il demandoit le baptême; un autre comé-
dien le lui administra, et ensuite on le
pressa de renoncer à la foi qu'il avoit
embrassée, copiant en tout la conduite
des magistrats quand ils interrogeoient
les chrétiens. Saint Genès, qui parloit
d'après nature, fut trouvé un acteur
merveilleux, tant qu'il se défendit d'apos-
tasier; mais étant venu à cet endroit de
son rôle où il devoit céder aux magistrats, il déclara qu'il étoit sincèrement
chrétien, et qu'un moment avant qu'on
l'eût arrosé de l'eau, une lumière sur-
naturelle l'ayant éclairé, il avoit sou-
haité d'être réellement régénéré; que
Dieu ayant exaucé sa prière, il étoit
prêt à donner sa vie pour la foi qu'il
avoit reçue : effectivement, après avoir
renouvelé cette protestation en présence
même de l'empereur, il reçut la couronne du martyre.

BELESPRIT.

Je regarde cette conjecture comme
très-vraisemblable , et rien n'étoit plus
sage que la réserve de l'Eglise dans ces
temps de persécution. Voilà sans doute
une des raisons pour lesquelles les Pères
écrivirent si peu sur ces matières, en
sorte qu'on n'a aucun traité complet sur
les sacremens ; tout ce que vous nous
en avez dit n'a été écrit que par occasion.

Le RABBIN.

Et dans toutes ces occasions, les Pères
en ont toujours parlé comme de dogmes
anciens , et reçus sans contradiction
parmi les fidèles. A présent , Mademoiselle , il ne vous reste plus qu'à nous
parler des sacremens de l'Ordre et du
Mariage.

Madem. BONNE.

Par rapport au sacrement de l'Ordre ,
il faudroit un volume pour vous rapporter tout ce qu'ont dit les Pères par
rapport à ce sacrement.

Le CALVINISTE.

Je vous défie de me montrer en aucun
endroit qu'on se soit servi du mot *Sa-*

crement, en parlant de l'ordination des pasteurs.

Miss DOROTHÉE.

Et qu'y fait le mot, Monsieur, quand la chose est claire ? Le baptême en est-il moins un sacrement, parce que Jésus-Christ n'employa pas ce mot en disant à ces apôtres : *Allez et baptisez ?* Il suffit d'y remarquer les trois choses qui constituent le sacrement : l'institution de Jésus-Christ, un signe visible qui signifie une grâce invisible. Or ces trois choses se trouvent dans l'Ordre. Jésus-Christ l'institua le jour de la cène, en donnant à ses apôtres le pouvoir de changer le pain et le vin en son corps et en son sang. Les apôtres, par son ordre, consacrèrent des évêques à qui appartenoit l'administration de l'Ordre et de la Confirmation. Donnez-moi pour de l'argent, disoit Simon le Magicien, le pouvoir d'imposer les mains, afin que le Saint-Esprit soit donné à ceux auxquels je les imposerai. Il falloit donc un pouvoir pour imposer les mains : voilà le sacrement de l'Ordre. Ceux qui avoient ce pouvoir donnoient le Saint-

Esprit : voilà le sacrement de Confirmation. Il ne faut être ni théologien ni
docteur pour apercevoir ces deux sacremens ; il ne faut que savoir lire : il
n'y a rien de si clair.

MADEM. BONNE.

Par rapport aux degrés de la hiérarchie, sans parler de ce qui en est dit
dans la sainte Ecriture, il n'y a rien de
plus marqué dans l'antiquité la plus re-
culée. Saint-Ignace, évêque d'Antioche,
fut martyrisé l'an 106, sept ans après
la mort de saint Jean l'évangéliste ; on
le conduisit à Rome pour y être dé-
voré par les bêtes, et sur sa route il
écrivit plusieurs épîtres ou lettres qui
sont parvenues jusqu'à nous, et dont
on n'a jamais révoqué l'authenticité.
Voici comment il s'explique sur la hiérarchie :

« Vous devez concourir à la volonté
» de l'évêque ; car vos dignes prêtres
» sont d'accord avec l'évêque, comme
» les cordes d'une lyre. » Dans l'épître
aux magnésiens, il dit : « Puis donc que
» j'ai eu l'avantage de vous voir par
» Damas, votre évêque, digne de Dieu,
» et les dignes prêtres Bassus et Apol-

» Ionius , et mon confrère le diacre
» Sotion. Puissé - je jouir de lui, car il
» est soumis aux évêques comme à la
» grâce de Dieu et aux prêtres , comme
» à la loi de Jésus-Christ! » Vous voyez,
par ces paroles, trois degrés dans la
hiérarchie.

LE CALVINISTE.

Ce mot d'*Evéque* n'avoit pas alors la
même signification qu'aujourd'hui, on
le donnoit aux plus anciens comme une
marque d'honneur : et, en ce sens, nous
avons retenu les évêques : ce sont les
anciens qui règlent bien des choses chez
nous.

MADEM. BONNE.

La suite fait voir que ce n'étoit point
un titre d'honneur accordé à l'âge ; car
saint Ignace nous avertit qu'il étoit
jeune. Saint Timothée l'étoit aussi ,
puisque saint Paul lui dit : *Prenez garde*
que personne ne vous méprise à cause
de votre jeunesse.

L'ANGLICAN.

Nous pensons, à cet égard, comme
les catholiques ; il y a, dans la même
épître, un passage aussi fort que celui

que vous venez de citer : « Je vous
» exhorte de faire tout en la concordance
» divine, l'évêque présidant en la place
» de Dieu, et les prêtres en la place du
» sénat des apôtres, et les diacres, qui
» me sont si chers, comme ceux à qui
» est confié le mystère de Jésus-Christ.»

LADY LOUISE.

Ah ! Monsieur, faites bien attention
à ces dernières paroles. On dit que
c'étoient les diacres qui distribuoient la
sainte Eucharistie : or saint Ignace l'appelle un *mystère*. Là ! je vous le demande en conscience : la sainte Eucharistie peut-elle être appelée un *mystère*,
de la manière dont nous l'entendons ?
Au reste, je suis consolée de voir que
nous sommes moins éloignées de la
catholicité que les calvinistes, puisqu'au
moins nous avons conservé la hiérarchie
telle que les apôtres l'ont établie.

MADEM. BONNE.

Plût à Dieu, Madame ! Mais vos
évêques ne ressemblent en rien à ceux
que les apôtres ont établis, je ne dis pas
quant aux mœurs, car il y a de très-
honnêtes gens parmi eux, mais quant

à l'autorité spirituelle. Je vous renvoie à M. Burnet pour savoir à quoi l'épiscopat est réduit en Angleterre : ses plaintes à ce sujet ne finissent point.

M. DE BONNEFOI.

Et il y auroit beaucoup à dire sur la légitimité de leur ordination ; peut-être Mademoiselle n'a point entendu parler de cette matière ?

MADEM. BONNE.

Je n'ignore point la dispute qui s'est élevée à ce sujet, et peut-être en avons-nous dit quelque chose dans nos premiers entretiens, sans que je me le rappelle ; mais en supposant que je ne l'aie pas fait, je n'en dirai rien : je ne cherche pas à blesser, je veux guérir; et à qui est persuadé de tout ce dont nous sommes convenues jusqu'à présent, une dissertation à cet égard seroit inutile. En accordant au père Corayer que l'origine de l'ordination anglaise est légitime, cela n'avanceroit rien, puisqu'ils enseignent dehors, et que ce sont des pierres détachées du bâtiment.

Par rapport au sacrement de Mariage, voici ce qu'en dit saint Paul : *Ce sacre-*

ment est grand en Jésus-Christ. Il est vrai que les protestans donnent un autre sens à ce passage que celui que nous y attachons; et j'avoue que l'on pourroit dire avec quelqu'apparence que saint Paul parle d'une manière allégorique; mais la manière dont on l'entendoit dans la primitive Eglise suffiroit pour me ramener au sens littéral, quand même l'Eglise ne m'ordonneroit pas de regarder le mariage comme un sacrement: car les chrétiens du second et du troisième siècle étant près de la source, doivent y avoir puisé le vrai sens dans lequel on avoit entendu les écrits dictés par le Saint-Esprit aux apôtres. Tertullien, au chap. 40 des *Prescriptions*, prouve que le démon a tâché d'imiter nos sacremens dans les mystères de l'idolâtrie; et ailleurs, il met le mariage au nombre des sacremens, preuve certaine qu'il étoit dès-lors regardé comme tel. « Les nations, dit saint Augustin, » font consister tout le bien du mariage » dans la fécondité; mais les chrétiens » la font consister dans la sainteté du » sacrement. » D'ailleurs il me paroît raisonnable de croire que Jésus n'a pas laissé sans secours l'état le plus commun, et celui dans lequel on a le plus besoin de grâces particulières. Une tradition, dont je défie ces Messieurs de me montrer le commencement, m'apprend que ce secours n'a pas manqué aux chrétiens, et cela me suffit.

LE CALVINISTE.

N'étions-nous pas convenus qu'il ne seroit jamais parlé de la tradition? Vous savez que nous la rejetons absolument.

MADEM. BONNE.

Non, Monsieur, nous n'avons point fait cette convention; je n'ai garde d'être plus délicate que les Pères des premiers siècles, qui l'ont reçue; et quand l'Eglise ne me commanderoit pas de la croire, je trouverois qu'il est contre la raison de la nier, pour les raisons que nous avons déjà dites. Je vais ajouter quelques passages à ceux que j'ai déjà cités.

Saint Paul écrivant aux Thessaloniciens, leur dit : *Tenez les traditions que vous avez apprises, soit de vive voix, soit par ma lettre.* Il reprend les fidèles de Corinthe de quelques abus, et ajoute : *Je réglerai le reste quand je serai venu.*

VI.   9

Le RABBIN.

Ces choses que l'apôtre a réglées de vive voix ne sont point écrites dans les saintes Ecritures ; oserions-nous dire qu'il ne faut pas les observer ? Comment les observerions-nous, si nous les ignorions ? Et avons-nous d'autres moyens que la tradition, pour en être instruits ?

Madem. BONNE.

Saint Jean, dans l'épître qui s'adresse à Electre, et dans celle qu'il écrivit à Caïus, dit expressément : *J'aurois bien des choses à vous écrire ; mais je n'ai pas voulu les écrire avec la plume et l'encre ; j'espère vous voir bientôt, et nous nous en entretiendrons de vive voix.* Après ces témoignages, il seroit inutile de vous prouver qu'on ne peut rejeter la tradition sans une témérité insupportable, et que l'Eglise romaine est autorisée à conserver celle qu'elle a reçue de siècle en siècle, depuis les apôtres jusqu'à nous, comme je vous l'ai prouvé à l'égard de tous les articles contestés dont nous avons parlé.

Le CALVINISTE.

Et avec cette tradition ancienne l'Eglise romaine nous fera passer tout ce qu'elle jugera à propos. Le célibat des prêtres, par exemple, direz-vous qu'il est de tradition apostolique ; que son usage même soit bien ancien ? Je pourrois vous prouver, moi, que saint Paul n'a jamais prétendu y assujettir les ecclésiastiques, lui qui recommande que les évêques n'aient qu'une femme et vivent chastement avec elle.

Madem. BONNE.

Comme si les autres chrétiens avoient permission d'avoir deux femmes, et fussent dispensés de vivre chastement ! Au reste, je ne prétends point vous dire que le célibat des prêtres soit de droit divin ; l'Eglise pourroit les en dispenser : mais j'admire sa sagesse dans le refus constant qu'elle a fait de rompre une pratique si ancienne et si salutaire.

Lady LOUISE.

Vous êtes bien méchante et bien sévère, ma Bonne ; ne vaudroit-il pas mieux permettre aux prêtres d'avoir une

femme, que de les mettre en danger de
vivre dans le libertinage? On a peut-
être exagéré les désordres du clergé ro-
main; mais du moins est-il vrai qu'il
leur faudroit une vertu bien supérieure
pour résister aux occasions du péché
dans un certain âge : d'ailleurs, c'est une
chose terrible qu'un engagement quel
qu'il soit. Tel homme auroit vécu sans
penser s'il y a des femmes au monde,
qui aussitôt qu'il s'est ôté la liberté d'en
prendre une, se trouve malheureux.
C'est la loi qui produit le péché, dit
saint Paul.

BELESPRIT.

Nous en savons un peu plus long que
vous, lady Louise; croyez-moi, parmi
ceux qui ont tant de peine à se passer
des femmes, il y en a plusieurs qui
trouvent bien dur de s'en tenir à celles
qu'ils ont épousées : je pourrois en citer
plus d'une anecdote; mais déjà mademoiselle Bonne roule ses yeux de manière à m'imposer silence. Si pourtant...

MADEM. BONNE.

Point de *si*, point de *pourtant*, Monsieur. Si parmi douze apôtres il y eut

un Judas , nous ne devons pas être surpris que parmi le grand nombre de ceux
qui annoncent l'Evangile il ne se trouve
des gens qui déshonorent leur ministère.
Croyez-moi , lady Louise , s'il falloit
compter de chaque côté les hommes
scandaleux, proportion gardée, on n'auroit rien à se reprocher.

L ᴀ ᴅ ʏ MÉRY.

Pour moi , je ne vois pas quel seroit
l'inconvénient de donner aux prêtres la
permission de se marier.

BELESPRIT.

Il y en a mille contre un , Madame ,
sur-tout parmi les catholiques. Vous devez considérer que les prêtres , dans
l'Eglise romaine , sont, pour ainsi dire,
surchargés d'ouvrages, quoiqu'ils soient
en plus grand nombre que parmi vous.
Ils ont un office très-long, qu'ils doivent
réciter chaque jour : ils doivent dire leur
messe ; il faut confesser, prêcher , caté-
chiser, visiter les malades. Un ecclésiastique qui veut faire son devoir , a
peine à trouver une heure pour donner
à une récréation honnête : où prendroit-
il le temps nécessaire pour vaquer aux

affaires qui suivent de l'obligation d'élever et d'établir des enfans ?

LADY MÉRY.

Ce seroit une récréation honnête, et qui les tireroit du monde. Saint Paul recommande à l'évêque d'avoir soin de sa famille et de ses enfans ; preuve certaine qu'il ne regardoit pas ce soin comme une distraction....... Vous riez, M. Belesprit ?

BELESPRIT.

Pardon, Madame ; mais je n'ai pu m'en empêcher en voyant votre bonhomie. Vous êtes très - charitable de supposer que messieurs les ministres prendront l'éducation de leurs enfans comme une récréation ; assurément ils la regardent comme un travail ; car, pour s'en délasser, on les voit dans les assemblées, les jeux, les divertissemens. Un jeune ministre, qui pense à se marier, doit fréquenter les compagnies, faire sa cour aux dames, supplanter ses rivaux. Est-il marié ? la complaisance pour une jeune femme l'engage à ne rien changer à sa manière de vivre. Dans un âge plus avancé, une troupe d'enfans, qu'il faut établir, l'oblige de cultiver des amis, des bien-faiteurs ; il faudroit être un ange pour que ces soins ne prissent pas sur les devoirs de son état.

M. DE BONNEFOI.

Lady Méry ne fait point attention que dans la primitive Eglise il falloit néces-sairement prendre les évêques et les prêtres parmi les personnes mariées : à mesure que le nombre des chrétiens augmenta, à mérite égal on préféroit celui qui n'avoit point été marié pour l'élever aux ordres sacrés, et on exigeoit de ceux qui l'étoient de garder la con-tinence. Cette pratique à la vérité, n'étoit pas générale. Dès l'an 314 nous trouvons un canon sur cette matière, parmi ceux qui furent faits au concile d'Ancyre. Le voici :

Les diacres qui, à leur ordination , ont protesté qu'ils prétendoient se ma-rier, s'ils l'ont fait ensuite, demeure-ront dans le ministère, puisque l'é-vêque le leur a permis. S'ils n'ont rien dit dans leur ordination, et se marient ensuite, ils seront privés du ministère.

Le concile de Néocésarée, qui fut tenu dans le même temps, fit aussi un canon qui paroît encore plus strict. Le voici : *Si un prêtre se marie il sera déposé.* Celui-ci ne fait mention d'aucune restriction préliminaire aux ordres.

Le CALVINISTE.

Le concile de Nicée n'approuva point du tout ces canons; et un vieillard, nommé Paphnuce, qui n'avoit jamais été marié lui-même, s'opposa au désir qu'avoient quelques-uns d'obliger les prêtres au célibat.

MADEM. BONNE.

Ne vous ai-je pas dit, Monsieur, que le célibat des prêtres étoit une affaire de discipline qui pouvoit changer? Plusieurs évêques, même parmi ceux qui avoient vieilli dans un célibat sans reproche, opinèrent comme St. Paphnuce dans le concile de Trente; mais le plus grand nombre, sans comparaison, surtout les jeunes, demeurèrent constamment attachés à l'ancienne discipline, les inconvéniens du mariage des prêtres l'emportant de beaucoup sur ceux du célibat.

Lady LOUISE.

S'il n'y a d'autres inconvéniens que ceux que nous a fait remarquer M. Belesprit, je ne les trouve pas considérables.

Madem. BONNE.

Il y en a un, Madame, qui saute aux yeux en Angleterre, où les rues sont pavées, pour ainsi dire, de filles de ministres qui ne savent où donner de la tête. Remontez à l'intention de ceux qui ont fondé les bénéfices, Madame. Ils ont mis en dépôt, entre les mains des personnes consacrées à Dieu, les aumônes qu'ils destinoient aux pauvres ; ils n'en sont pas les propriétaires, mais des économes qui ont droit de prendre sur ces bénéfices un nécessaire honnête ; le superflu est le patrimoine du pauvre, de l'orphelin, de la veuve, et on ne peut l'employer à d'autres usages sans faire un vol sacrilége.

Le CALVINISTE.

A ce compte, Mademoiselle, vos évêques et vos bénéficiers sont de grands voleurs ; trouvez-en un qui fasse un tel usage de ses biens.

9 *

MADEM. BONNE.

Il ne me seroit pas difficile d'en trouver plusieurs milliers ; mais en supposant qu'il y en eût moins, il seroit toujours
vrai que ce seroit un désordre qui ne
pourroit annuller l'intention des fondateurs. Dans notre communion, tout bénéficier qui n'entre point dans leurs vues,
est inexcusable ; l'église lui fournit tous
les moyens de remplir ses devoirs à cet
égard, en le déchargeant du soin de
fournir aux besoins et au luxe d'une
femme et d'un grand nombre d'enfans ;
car ce n'est point pour cela que les bénéfices ont été fondés, et que les personnes
charitables ont enrichi les églises. On
ne pourroit permettre le mariage aux
prêtres, sans anéantir l'intention des
fondateurs. Mais, direz-vous, un grand
nombre de bénéficiers l'anéantissent par
le mauvais usage qu'ils font de leurs revenus. L'Église n'est point responsable
d'un abus qu'elle réprime de toutes ses
forces, et elle le seroit, si elle consentoit
à voir passer ces revenus entre les mains
de la famille du bénéficier. Vous le savez,
Mesdames, quand on donne une fille à

un évêque, le bénéfice entre en ligne de compte de ses biens: on en suppute les revenus; et un évêque qui prétendroit les employer pour le soulagement des pauvres, seroit sifflé, on lui diroit qu'il doit épargner pour marier ses enfans.

LE RABBIN.

Et parmi les curés de campagne, tout le revenu suffit à peine pour l'entretien de la famille, qui ordinairement est nombreuse. Ses filles sont les demoiselles du village; et comme tout le revenu meurt avec le père, elles sont réduites alors à la plus affreuse indigence; heureuses celles qui ont le courage de se mettre en service, et qui ne cherchent pas l'aisance au prix de leurs mœurs!

MADEM. BONNE.

Ces désordres sont grands, et sont pourtant peu de chose, en comparaison de l'obstacle qu'ils apportent à la propagation de la foi. Un prêtre est ou doit être un homme apostolique, toujours prêt à imiter les apôtres, qui abandonnoient tout pour remplir les devoirs de leur ministère. Croyez-vous que les apôtres qui étoient mariés, traînèrent leurs femmes avec eux, dans les différentes contrées où ils furent prêcher l'évangile? Jésus nous dit qu'il y en a qui se font eunuques pour gagner le royaume des cieux : la continence est donc une vertu ; quand bien même saint Paul ne l'auroit pas dit, elle a été justifiée, canonisée de la bouche même de Jésus-Christ. On ne peut nier que l'état le plus parfait ne soit celui du sacré ministère : la continence convient donc à cet état plus qu'à tout autre.

M. DE BONNEFOI.

Je vais vous faire part d'une chose que j'ai apprise d'une dame qui demeure dans le comté de Neuchâtel. Dans mon dernier voyage de France, je me trouvai à dîner avec cette dame dans une ville dont le clergé est nombreux et très-édifiant. Elle m'apprit que dans une assemblée de ministres de son pays on avoit fort agité de rétablir la confession : M. d'Osterwald, qui vivoit encore, arrêta la délibération. « Rien ne seroit plus » utile que la confession, leur dit-il ; » mais vous auriez la honte de l'avoir » ordonnée à crédit : les peuples ne s'y » résoudront jamais, pour des raisons

» à moi connues. » Effectivement, disoit cette dame, la liaison entre un mari
et une femme est trop intime, pour
vouloir imposer à l'un d'eux un secret
qui ne seroit pas commun à l'autre. Sam-
son, tout fort qu'il étoit, ne put résister
aux instances de Dalila. Or le moyen d'es-
pérer plus de courage d'un grand nombre
d'hommes, qui, dépositaires du secret
de la conscience d'un grand nombre de
personnes, auroient sans cesse à lutter
contre la curiosité de leurs épouses! Cette
dame ajouta : je n'aurois aucune répu-
gnance à me confesser ici ; mais je vous
avoue que tout homme à femme ne saura
jamais mon secret.

Lady LOUISE.

A quel âge les prêtres s'engagent-ils
dans les ordres sacrés, parmi les catholiques ?

Madem. BONNE.

A vingt-deux ou vingt-trois ans, je ne
sais lequel; et ils sont obligés, avant d'être
reçus, de passer un temps raisonnable
dans un séminaire, où l'on n'épargne rien
pour leur ouvrir les yeux sur les devoirs
de l'état dans lequel ils veulent entrer.

LADY LOUISE.

Après tout, on doit savoir à cet âge de
quoi l'on est capable ; ceux qui s'engagent dans ces ordres n'y sont point forcés,
c'est à eux à savoir s'ils sont en état de
tenir ce qu'ils promettent. On nous donne
la disposition de notre bien et de nos
personnes dans un âge moins avancé.

LE CALVINISTE.

Que direz-vous des moines et des religieuses, à qui l'on permet de s'engager
irrévocablement à seize ans? D'ailleurs,
à quoi bon tant de religieux et de religieuses ? Quels services rendent-ils à
l'état? quels, à la religion qu'ils déshonorent ?

MADEM. BONNE.

Je vais répéter ici ce que j'ai déjà dit
en plus d'un endroit. Vous me demandez quels services les religieux et les
religieuses rendent à l'Etat? Le même
que Moïse rendit au peuple juif pendant
que Josué combattoit dans la plaine. Le
progrès des armes du second dépendoit
de la prière du premier. Je releverai
les objections d'un grand homme, qui
prétend que les religieux sont absolu-

ment inutiles, et que les prêtres, dont il n'y a déjà que trop (c'est lui qui parle) peuvent faire tout ce que font les religieux. Il est vrai que si l'univers étoit peuplé d'hommes qui ressemblassent à celui dont je parle, il y auroit trop de prêtres, et qu'on pourroit dire qu'il y en auroit encore trop, quand on n'en laisseroit que la dix millième partie : mais pour nous autres qui avons le bonheur de n'avoir pas tant de science et d'esprit, nous ne trouverions pas trop de moines ni de prêtres, s'ils vivoient dans la sainteté primitive de leur état : tout bon chrétien doit souhaiter leur réformation, et non leur destruction.

BELESPRIT.

Dussé-je encourir l'indignation de mes confrères de jadis, je ne puis me refuser à une réflexion. L'auteur dont vous parlez relève sans cesse le bonheur du siècle dans lequel nous vivons, qui est, dit-il, éclairé des lumières de la philosophie. J'avoue que si tous les philosophes lui ressembloient, ce beau nom ne seroit pas tombé en décri ; car s'il n'est pas strictement chrétien, la pureté de ses mœurs, la bonté de son cœur, et mille qualités estimables nous donnent l'espoir de lui voir un jour cette seule qualité qui lui manque pour être parfait. Mais dira-t-il que l'auteur des *Mœurs*, par exemple, a rendu service à la société, lorsqu'il dit que nous ne devons rien à nos parens pour la seule naissance ? Quand cela seroit vrai, seroit-il utile de fournir des prétextes aux méchans enfans pour justifier leur ingratitude ? Cet honnête homme, cet apôtre des mœurs permet les discours sales, équivoques, pourvu qu'ils soient bien gazés. Ne lui avons-nous pas une vraie obligation ? Les pères de famille n'ont-ils pas bien à profiter, en voyant celui qu'on leur donne pour modèle, maudire son fils parce qu'il cède à une passion qui le maîtrise, et souhaiter de faire un mariage dont lui-même lui a donné l'exemple ? Ne devons-nous pas de grandes actions de grâces à un autre auteur, pour la peine qu'il a prise pour nous persuader que nous ne différions des animaux que par notre organisation extérieure ; à cet autre, qui nous trouve encore trop bien partagés, et qui veut que nous ne soyons que des machines ?

Sans doute notre siècle est bien éclairé par le *Contrat Social*, *l'Héloïse*, *l'Emile*, *la Pucelle*, *le Philosophe sans souci*, et mille autres productions pareilles.

Le CALVINISTE.

Voilà, Monsieur, une sortie aussi hors d'œuvre qu'il est possible de l'imaginer. Qu'ont de commun les philosophes et les moines ? Pourquoi relever ce qu'ont écrit quelques auteurs, qui sans doute ont semé des maximes pernicieuses, pendant que vous taisez tant d'ouvrages utiles à la société, que nous devons à la philosophie ? quelques membres gâtés ne doivent pas faire noter un corps d'hommes respectables.

BELESPRIT.

Vous en dites plus que moi, Monsieur. Parmi les auteurs que je viens de citer, il y en a plusieurs dont les intentions sont droites, et qui ne pèchent que par un défaut qu'il seroit facile de corriger. Or çà, Monsieur, parce qu'on abuse de la philosophie, faudroit-il dire : l'étude est si dangereuse, qu'il faut la défendre, et ne permettre à personne de devenir philosophe ? Ne vaudroit-il pas mieux dire : il faut obliger les philosophes à remplir les vues de la philosophie , en fournissant aux hommes les moyens de devenir meilleurs ? Ce que vous direz par rapport aux philosophes , dites-le , je vous prie , par rapport aux religieux. Ne les détruisons pas, réformons-les. Ils ont eu parmi eux des hommes célèbres , et peuvent en avoir encore. Il sort de leurs plumes des ouvrages de piété propres à nous édifier , nous qui sommes assez bornés pour regarder ce qui peut échauffer le cœur comme préférable à ce qui ne peut qu'orner l'esprit. On leur abandonne cette branche de la littérature , elle nous paroît précieuse : qu'on ne nous en prive pas, nous, encore une fois, qui estimons plus utile d'apprendre le chemin du ciel que la route des astres.

M. De BONNEFOI.

Ajoutez, qu'en réformant les maisons religieuses le nombre en diminuera considérablement, parce que l'oisiveté, l'amour du bien-être n'y conduira plus personne , et que ceux que l'esprit de

Dieu y attirera, seront utiles à la société, ou par leurs prières, ou par le
travail des mains que leur règle primitive ordonne, ou par des ouvrages de
piété utiles aux simples. Que si on nous
allègue l'intérêt de la population, nous
demanderons pourquoi on ne remet pas
en vigueur les lois romaines contre les
célibataires ?

BELESPRIT.

En effet, le libertinage, l'amour de
l'indépendance, le manque de fortune,
et mille autres prétextes seront trouvés
plausibles pour dispenser un quart des
hommes de donner des citoyens à l'Etat ;
et le désir de choisir la meilleure part,
comme Magdeleine, ne pourra pas justifier ceux qui se sépareront du monde,
et ne se marieront pas pour se donner
uniquement à Dieu ! et cet aveuglement,
ce sera dans le christianisme qu'on le
trouvera ! Comptez, Messieurs, le
nombre des moines qu'il y a en France,
et comptez le nombre des célibataires
en Angleterre, et vous trouverez un
plus grand nombre de ces derniers que
des autres ; la France est-elle donc moins
peuplée que nos îles ?

LADY LOUISE.

Malgré les préjugés de l'éducation, je n'ai pu m'empêcher d'être souvent scandalisée de l'odieux qu'on attache à la profession des célibataires chrétiens ; c'est aller directement contre ce que dit saint Paul, qui donne là préférence à cet état, sur celui du mariage.

LE CALVINISTE.

Je ne dispute pas pour disputer, Madame ; que les moines vivent selon le premier esprit de leur institut, je les plaindrai comme des fanatiques de bonne foi, qui se font souffrir mille maux, comme si toutes ces choses pouvoient plaire à Dieu ; mais je ne les mépriserai pas.

MADEM. BONNE.

Méprisez tant que vous voudrez ceux qui ne vivent pas selon la sainteté de leur état, je n'y prends aucun intérêt, et je vous les abandonne de bon cœur ; je vous en donnerai même l'exemple : mais gardez-vous de plaindre les vrais religieux qui, suivant l'exemple de saint Paul, mortifient leur chair de peur de devenir des réprouvés. Apparemment l'apôtre savoit ce qui étoit agréable à Dieu ou non : il ne dit pas qu'il mortifie sa chair pour réparer ses péchés passés : c'est parce qu'il connoissoit que le corps avoit besoin d'être maté par la pénitence, qu'il humilioit le sien par les jeûnes et les pénitences extérieures. Ne blâmez pas ceux qui imitent ce grand apôtre, et qui trouvent dans l'exercice de la mortification des douceurs que les hommes de chair et de sang ne peuvent imaginer.

Vous vous plaignez du célibat des prêtres ; mais nous n'avons aucune loi qui contraigne personne à entrer dans le sacerdoce ; on n'y admet les hommes que dans un âge où il leur est aisé de savoir les obligations de l'état dans lequel ils s'engagent ; et ceux qui manquent à remplir ces devoirs n'auroient pas trouvé dans l'état du mariage un remède contre leur penchant au libertinage.

BELESPRIT.

Et la preuve est, que cette foule de moines qui viennent en Angleterre y vivent d'une façon très-peu régulière,

que le mariage n'est pas plus respecté par
eux que leurs vœux ne l'ont été, et
qu'on est encore à trouver parmi eux un
homme sans reproche ; en sorte qu'il
est passé en proverbe parmi les Français
réformés, qu'il faut regarder dans la
main de ces apostats pour voir s'il y
croît des cheveux, parce qu'on con-
noîtra à cette marque s'il y en a un qui
ait de la probité. Je crois que Mademoiselle Bonne a pleinement justifié son
Eglise de la calomnie qui lui attribue des
dogmes nouveaux. Que tardons-nous,
Messieurs et Mesdames, à nous déterminer pleinement ?

Lady LOUISE.

Il reste encore un article qui fait
beaucoup de peine aux protestans, c'est
celui du Purgatoire et de la Prière pour
les morts.

Madem. BONNE.

Je laisse à miss Dorothée à débattre
cet article par les seules lumières naturelles. Elle a reçu d'excellentes leçons
à cet égard, d'une Dame du premier
mérite, qui, protestante en tout le reste,
est catholique lorsqu'il est question du
Purgatoire.

MISS DOROTHÉE.

C'est madame Montagu, à qui son bon sens a dicté que la justice de Dieu devoit mettre une différence entre une ame pure et innocente, et celle qui, chargée de mille crimes qu'elle n'a pas eu le temps d'expier, a le bonheur de se convertir à la mort.

LE CALVINISTE.

Notre Seigneur n'a-t-il pas dit au bon larron : *Aujourd'hui vous serez avec moi dans le paradis?* N'a-t-il pas récompensé ceux qui n'ont travaillé qu'à la dernière heure, comme ceux qui ont supporté tout le poids de la chaleur du jour?

BELESPRIT.

Allons, mademoiselle Bonne, un peu de complaisance, accordez cet article à ces Messieurs, qui vous citent de bons passages de l'Ecriture ; cette doctrine est si douce et si consolante pour un vaurien comme moi ! s'il y a un purgatoire, j'y serai jusqu'au jour du jugement.

MISS DOROTHÉE.

Plût à Dieu que nous y fussions l'un

et l'autre ! on est du moins sûr de son salut dans le purgatoire, et je crains d'aller en enfer.

MADEM. BONNE.

Il y a un bon moyen d'éviter l'un et l'autre, ma chère, et cela sera le mieux. Il n'y a qu'à s'accoutumer à aimer tellement Dieu par rapport à lui, que le dernier soupir soit un acte de pur amour, de contrition parfaite. Cet amour-là mène tout droit au ciel, il consume comme un feu dévorant toutes les souillures de l'ame, et il est nécessaire qu'elle soit parfaitement pure pour entrer dans le ciel; Jésus-Christ l'a dit.

LADY VIOLENTE.

C'est-à-dire que vous êtes persuadée que le bon larron conçut en un moment cet amour parfait.

MADEM. BONNE.

Assurément, Madame ; et ceux qui ne commencèrent à travailler qu'à la dernière heure le firent avec tant de courage, qu'ils firent autant de travail que ceux qui avoient commencé à la première heure du jour.

LADY MÉRY.

Dites-moi, ma Bonne, ce que les catholiques entendent par le purgatoire. Que sont-ils obligés de croire à cet égard?

MADEM. BONNE.

Je crois l'avoir déjà dit, Madame; mais comme je n'en suis pas sûre, je le répéterai volontiers. L'Eglise m'ordonne de croire que les ames qui meurent dans la grâce de Dieu, mais sans avoir satisfait à sa justice divine, achèvent cette purification avant d'entrer dans le ciel. En quel lieu? Comment? C'est ce qu'elle n'a point décidé. C'est cette satisfaction qu'on nomme purgatoire. L'Eglise, toujours guidée par les lumières de l'Esprit Saint, m'ordonne de croire que les fidèles qui sont dans cet état de peine, quel qu'il soit, peuvent être soulagés par les prières des fidèles, sur-tout par le saint sacrifice de la messe, et par toutes sortes d'aumônes et de bonnes œuvres.

LADY LOUISE.

Ainsi l'ame d'un riche pour lequel on

VI. 10

fait dire un grand nombre de messes;
l'ame de celui qui a beaucoup de parens
et d'amis qui prient et satisfont pour lui,
ne restera guères de temps en purgatoire,
pendant que celui qui est mort pauvre et
isolé, y sera des siècles entiers, faute de
secours! Savez-vous bien, ma Bonne,
que je ne trouve pas cela fort juste.

Madem. BONNE.

Plusieurs théologiens pensent que
toutes les prières qu'on fait pour certaines gens ne leur sont pas appliquées;
Dieu en est lui-même le distributeur.
Mais c'est le sentiment de quelques par-
ticuliers, et rien ne devient article de foi,
que ce qui l'a été de tout temps. Au reste,
Madame, l'Eglise est une bonne mère, qui
ne fait acception de personne, et qui tient
lieu de parens à ceux qui n'en ont point :
elle n'offre jamais le saint Sacrifice de la
messe sans présenter à Dieu les mérites
infinis du sang de Jésus-Christ pour tous
ses enfans, tant ceux qui vivent encore,
que ceux qui sont morts dans la paix du
Seigneur, sans être entièrement purifiés.

Le CALVINISTE.

Direz-vous que cette pratique supers-

titieuse a son fondement dans l'Ecriture?
direz-vous qu'elle soit aussi ancienne que
l'église ?

MADEM. BONNE.

Assurément , Monsieur , je le dirai ;
je ferai plus encore , je vous en donnerai
la preuve. Nos réformateurs, Mesdames,
ressemblent à Alexandre : quand ils trouvent un nœud qu'ils ne peuvent démêler,
ils le coupent : déterminés à rejeter la
prière pour les morts , ils ont rejeté le
livre des Machabées, qui la recommande;
ils le tiennent pour apocryphe, l'esprit
le leur dit ainsi.

BEL ESPRIT.

Avouez qu'il y a bien de la malice
dans votre fait : vous rappelez sans cesse
ce beau motif qu'on a eu à Dordrecht ,
de rejeter ceux des livres sacrés qui
prouvent contre la réforme : c'est hon-
nêtement tourner en ridicule ceux qui
ont parlé ainsi.

MADEM. BONNE.

Je n'y ôte, ni je n'y mets, Monsieur.
Est-ce ma faute, à moi, si l'on a donné
dans le travers à Dordrecht? Mon inten-

tion me justifie, je suis bien éloignée de vouloir offenser personne ; et si je blesse, c'est pour guérir. Pour vous prouver que je suis déterminée à pousser la condescendance aussi loin qu'elle peut aller ; je consens pour un moment à ne regarder ce livre des Machabées que comme l'ouvrage d'un particulier contemporain des grands hommes, dont il écrivit les hauts faits : toujours faudroit-il dire que la prière pour les morts est une opinion qui, dès ce temps, étoit parfaitement établie.

Le RABBIN.

Et cette opinion n'a jamais varié parmi nous; actuellement encore, nous croyons soulager les peines de ceux qui sont morts sans avoir entièrement satisfait à la justice de Dieu, par nos prières et nos bonnes œuvres.

Lady LOUISE.

J'ai beaucoup entendu parler de ce livre des Machabées; mais je ne connois point du tout le passage dont il est question.

Madem. BONNE.

Je vais vous en rapporter le sens ; ces Messieurs verront si je le dis mot pour mot, car je ne l'ai point lu depuis ma première jeunesse. Un des frères Machabées, je ne sais lequel, ayant donné une grande bataille, remporta la victoire, et perdit, selon la coutume, un grand nombre de soldats. Après la bataille il fit une quête qui produisit une somme considérable, et l'envoya à Jérusalem, avec ordre de l'employer à offrir à Dieu des sacrifices pour le repos de l'ame de ceux qui avoient péri dans le combat; *car il savoit*, dit l'historien, *que c'est une chose utile et salutaire de prier pour les morts*. Il me semble qu'un tel témoignage, quand il ne seroit qu'historique, doit être d'un grand poids.

LADY LOUISE.

Pouvez-vous nous faire voir que la pratique de la primitive église étoit conforme à celle de la synagogue dans la prière pour les morts ?

MADEM. BONNE.

Il en est de cette vérité comme de toutes celles qui n'étoient point attaquées par les hérétiques : on ne trouve rien d'écrit clairement sur ce sujet ; car dans l'évangile on ne cherche point à prouver

ce qui n'est point contesté : ce n'est donc
que la pratique de la prière pour les morts
qu'on trouve établie. Saint Ephrem, qui
mourut l'an 379, recommande très-expressément qu'on l'ensevelisse sans aucune pompe, et il prie avec grand soin
que l'on fasse pour lui des aumônes, des
prières et des oblations.

L'an 406, un nommé Vigilance attaqua
plusieurs des points que les hérétiques
d'aujourd'hui nous contestent, comme
la continence, le respect que l'on rendoit
aux reliques des martyrs; il traitoit d'ido-
lâtres ceux qui les honoroient. Il disoit
aussi que c'étoit une superstition païenne
d'allumer des cierges en plein jour en leur
honneur. Il soutenoit qu'après la mort
on ne pouvoit plus prier les uns pour les
autres, et il attaquoit en même temps
plusieurs usages de l'Église.

LADY LOUISE.

Convenez, M. l'Anglican, puisqu'on
attaquoit ces usages, qu'ils étoient reçus
avant l'an 405 : cela nous rejette dans ce
quatrième siècle où vous reconnoissez
que l'Église s'étoit conservée pure et
exempte d'erreurs. Les catholiques, qui
ont conservé ces usages, peuvent donc

vous dire : c'est vous qui avez innové , en
voulant désapprouver des pratiques qui
viennent d'un temps que vous regardez
comme non suspect; il faut vous regarder comme des disciples de Vigilance.
Mais, ma Bonne, quel étoit cet hérétique ?

MADEM. BONNE.

C'étoit un gaulois , qui passa en Espagne , où il se fit marchand de vin :
il connut saint Paulin en Espagne ; et
comme apparemment il s'étoit dégoûté
de son commerce , il se mit à voyager,
et fit connoissance avec saint Jérôme ,
qui connut d'abord que c'étoit un esprit
léger, inconstant, et porté pour les
nouveautés. Lorsque saint Jérome eut
vérifié ses soupçons , il écrivit contre
lui des livres que nous avons encore ,
et dans lesquels il lui prouve que les
usages qu'il attaquoit avoient été pratiqués de temps immémorial dans
l'Eglise.

LADY LOUISE.

Je vous prie de me dire si les
sentimens de Vigilance eurent quelques
suites , et s'ils furent adoptés par les
grands hommes ses contemporains.

Madem. BONNE.

Non, Madame, et dès le commencement du cinquième siècle nous voyons
les plus grands hommes pratiquer tous
les usages contre lesquels cet aventurier
s'étoit élevé ; et quoiqu'il eût séduit
quelques évêques, lui, ses partisans
et sa doctrine tombèrent bientôt dans
l'oubli, comme une infinité d'autres
hérésies qui n'ont point fait trace.

Le CALVINISTE.

Admirez, Mesdames, un des plus
grands artifices des papistes. Est-il
question de ceux qui se sont élevés
contre leurs erreurs ? ils affectent d'en
parler dans les termes les plus mépri-
sans : ce sont des hommes obscurs, des
aventuriers. Parlent-ils, au contraire, de
ceux qui ont soutenu ces erreurs ? ils
sont toujours de grands hommes, et
l'on évite avec soin de parler de leurs
écarts. Qui ne sait que Jérôme étoit
un rêveur, dont les jeûnes avoient
altéré le cerveau ? Et Augustin n'a-
t-il pas fait un gros livre de ses rétractations ? Il en eût fait plusieurs autres,
s'il avoit rétracté tout ce qu'il a écrit de

répréhensible : aussi en avoit-il l'intention.

Miss DOROTHÉE.

Voyez un peu la grande injure que ma Bonne a dite à Vigilance, en l'appelant un aventurier! un homme qui court de contrées en contrées, et qui d'un marchand de vin fait un théologien taillé à la hâte ! Assurément elle devoit du respect à un tel homme.

Le CALVINISTE.

Et qu'importent les qualités personnelles d'un homme, quand il s'agit de la vérité ? Cesse-t-elle d'être ce qu'elle étoit, en passant par une bouche méprisable ? Dieu se sert des petites choses pour opérer les grandes. Ne fit-il pas sortir la vérité de la bouche de l'ânesse de Balaam ?

Miss DOROTHÉE.

Ah! vraiment, Monsieur, j'avois oublié ce trait : vous avez bien raison, et je m'étonne comment les Israélites ne quittèrent point le tabernacle où ils alloient apprendre ce qu'ils devoient faire, pour venir consulter cet oracle de nouvelle date. Voyez-vous, je ne

10 *

puis souffrir les mauvaises défaites ;
est-ce que vous regardez ce cabaretier
comme un de vos patriarches ?

Le CALVINISTE.

Apprenez, petite langue de vipère,
que sa profession n'a point empêché
que de siècles en siècles ses sentimens
ne se soient perpétués dans un certain
nombre d'ames choisies, qui, pour me
servir des termes de l'Ecriture, ne flé-
chissoient point les genoux devant
l'idole, jusqu'au moment que Dieu avoit
décrété de faire éclater la vérité par le
ministère de nos réformateurs. Un marchand de vin valoit bien un berger, et
Moïse ne mérite pas moins de croyance,
à cause de la vile profession dont Dieu
l'avoit tiré.

Le RABBIN.

Trève de comparaison, Monsieur,
quand vous en voudrez faire de si mal
sonnantes. Si votre marchand de vin
eût arrêté le cours des rivières, ou-
vert et suspendu les eaux de la mer,
fait sortir du rocher une eau vive, on
pourroit le comparer à Moïse. Vous
voilà revenu à votre Eglise invisible et

dans le petit nombre ; mais en vérité, nous ne vous suivrons pas dans cet écart trop injurieux à l'œuvre de Jésus-Christ, qui auroit tenu pendant une longue suite de siècles son Eglise dans une obscurité qui auroit démenti ses promesses.

BELESPRIT.

Monsieur reproche à saint Jérôme ses jeûnes et ses veilles ; il n'est pas le premier qui lui a dit les injures que vous venez d'entendre : ce style est celui de Luther et de Calvin, qui assurément avoient droit de lui faire ces reproches ; car on ne pouvoit les accuser d'être jeûneurs. Quant au crime qu'il fait à saint Augustin du livre de ses rétractations, c'est, selon moi, le plus bel endroit de sa vie. Il suffit d'être homme pour se tromper ; mais il faut être un grand homme pour avouer ses erreurs. Saint Augustin passoit pour savant, même entre les païens ; il occupoit des chaires publiques, et nous avons de lui des ouvrages qui prouvent qu'il méritoit sa réputation : lisez sa *Cité de Dieu* ; si un protestant l'avoit écrite, on le feroit sonner bien haut.

Dites-moi, je vous prie, ce qu'il pensoit de la prière pour les morts.

MADEM. BONNE.

L'hérésie de Vigilance avoit fait si peu de progrès, que ce saint évêque n'écrivit rien pour prouver que l'usage de prier pour les morts étoit aussi ancien que l'Eglise ; mais nous avons sa pratique et celle de saint Ambroise à cet égard, et il est aisé de remarquer, à la manière dont ils s'énoncent, qu'ils parloient d'un usage universellement reçu.

L'empereur Valentinien ayant été assassiné dans le temps que saint Ambroise étoit en chemin pour lui administrer le baptême, saint Ambroise persuadé qu'il avoit reçu le baptême de désir, le fit mettre dans le tombeau de son frère, et prononça son oraison funèbre. Voici ses paroles :

« Dites-moi, quelle autre chose » dépend de nous, que de vouloir et » de demander? Il y avoit long-temps » qu'il souhaitoit d'être baptisé, et c'est » la principale raison pour laquelle il » m'avoit demandé. Accordez donc, » Seigneur, à votre serviteur Valenti-» nien la grâce qu'il a demandée et

» désirée en pleine santé ; s'il avoit dif-
» féré, étant attaqué de maladie, il ne
» seroit pas entièrement exclu de votre
» miséricorde, parce qu'il auroit plutôt
» manqué de temps que de bonne vo-
» lonté. » Ensuite il ajoute : « Donnez-
» moi les saints mystères, demandons
» son repos avec une tendre affection ;
» faisons nos oblations pour cette chère
» ame. » Saint Ambroise finit cette
oraison funèbre, en promettant d'offrir
toute sa vie le saint sacrifice pour les
deux frères Gratien et Valentinien.
Ceci se passa l'an 391.

LE RABBIN.

Voilà la messe pour les défunts, énon-
cée sous le nom d'oblation, de sacrifice,
annoncée non comme une coutume nouvelle, mais comme une pratique ancienne. Remarquez que saint Ambroise
eût été forcé de faire un préliminaire en
faveur de cette coutume, s'il n'eût voulu
que l'introduire ; et qu'il eût cherché à
la justifier à son peuple, s'il n'avoit pas
été accoutumé à voir offrir le saint Sacrifice pour les morts : et souvenez-vous
que saint Ambroise parle dans le qua-

trième siècle, qui, selon ces Messieurs,
étoit encore pur.

MADEM. BONNE.

Voyons maintenant quelle étoit la
pratique suivie du temps de saint Augustin, l'an 387.

Il perdit sa mère peu de temps après
sa conversion; et comme son frère s'af-
fligeoit de ce qu'elle ne mouroit pas dans
son pays, sainte Monique se moqua de
lui, et dit à Augustin : « Voyez un peu
» ce qu'il dit. » Puis s'adressant à tous
deux : « Mettez ce corps, dit-elle, où il
» vous plaira, et ne vous en inquiétez
» point : je vous prie seulement de vous
» souvenir de moi à l'autel du Seigneur,
» quelque part que vous soyez. » Voici
comme saint Augustin rapporte ce qui
se passa après sa mort, dans le livre de
ses Confessions:

« Evodius prit le pseautier, et com-
» mença à chanter le pseaume centième:
» toute la maison répondoit ; et aussitôt
» il s'y assembla un grand nombre de
» personnes pieuses de l'un et de l'autre
» sexe. On porta le corps, on offrit pour
» la défunte le sacrifice de notre rédemp-

» tion : on fit encore des prières auprès
» du sépulcre, selon la coutume, en
» présence du corps, avant que de l'en-
» terrer. » Voilà ce que dit saint Augustin, et il prie le lecteur de se souvenir,
au saint autel, de Monique sa mère et
de son père Patrice.

LE RABBIN.

Je vous avoue qu'il ne peut m'entrer dans l'esprit qu'on puisse dire que
la prière pour les morts est une opinion nouvelle.

LE CALVINISTE.

C'est que vous ignorez, Monsieur,
combien on abuse de cette idée du purgatoire : sous prétexte de soulager les
morts, on dépouille les vivans.

LE RABBIN.

Eh bien ! Monsieur, il faut crier contre
les abus et respecter la chose ; on vous
a déjà dit plusieurs fois qu'il ne faut pas
arracher l'ivraie du champ de l'Eglise,
de crainte de nuire au bon grain : Jésus
nous en a fait une loi.

MADEM. BONNE.

J'ai cité une fois ce passage de saint

Augustin à une dame de beaucoup d'esprit; elle le trouva si décisif, que ne
pouvant y répondre, elle soutint qu'il
avoit été ajouté après coup aux confessions du saint docteur; car on se garde
bien de parler de ces grands hommes
devant le peuple, comme on le fait ici;
cela scandaliseroit. Il est plus court de
dire que tout ce qui se trouve de favorable à la foi des catholiques dans les
ouvrages des Pères, y a été ajouté dans
les derniers tems.

Lady LOUISE.

Me voilà convaincue de l'ancienneté
de l'usage de prier pour les morts, et
nous sommes convenues que tout ce qui
étoit cru dans l'Eglise, au quatrième
siècle, étoit pur. Passons, si vous le
voulez bien, au respect que vous ren-
dez aux reliques des saints.

Madem. BONNE.

En vérité, Madame, c'est presque
perdre le temps, de s'amuser à prouver
une chose d'une si grande notoriété,
qu'on en trouve des exemples à chaque
page de l'histoire de l'Eglise. Les persécuteurs étoient si persuadés qu'on

rendoit beaucoup d'honneur aux reliques des martyrs, qu'ils faisoient
garder leur corps avec le plus grand
soin; on les brûloit, on jetoit leurs
cendres dans la mer. Les païens même
se persuadèrent qu'un des motifs qui
engageoient les martyrs à s'exposer aux
tourmens, étoit l'espoir d'être adorés
après leur mort; car ils ne distinguoient
point le culte qu'on rendoit à Dieu,
d'avec celui qu'on accordoit aux reliques des saints à cause de lui. Julien
l'Apostat le reproche aux chrétiens, non
qu'il les accusât d'adorer les reliques,
car ayant été long - temps chrétien il
connoissoit la nature de l'honneur qu'on
rendoit à leur dépouille mortelle; mais
il s'en moquoit comme d'une folie et
d'une extravagance.

Miss DOROTHÉE.

Permettez-moi d'égayer la leçon par
une petite histoire que j'ai lue dans
l'Histoire Ecclésiastique; mais faites-
moi grâce de l'année.

Il y avoit à Rome une dame nom-
mée Aglaé, qui étoit extrêmement
riche et d'une grande naissance; elle la
déshonoroit par ses mœurs, car elle

étoit dans l'habitude d'un commerce scandaleux avec son intendant, nommé Boniface, quoiqu'ils fussent chrétiens tous les deux. A la fin, Dieu toucha le cœur d'Aglaé ; elle rompit ses engagemens, et résolut de faire pénitence. La persécution étoit allumée dans une ville dont j'ai aussi oublié le nom, mais qui étoit assez éloignée. Aglaé dit à Boniface : Il faut aller dans cette ville, et obtenir, à prix d'argent, le corps d'un martyr, afin d'obtenir, par son intercession, le pardon de nos péchés. Boniface, qui étoit un homme de bonne humeur, lui dit : Madame, si j'allois être martyrisé, et qu'on vous apportât mon corps, le regarderiez-vous comme une relique ? Ce n'est pas de misérables pécheurs comme nous à qui la couronne du martyre est destinée, lui répondit Aglaé : allez et tâchez de vous rendre digne d'apporter le corps d'un martyr, en faisant de dignes fruits de pénitence. Boniface fut frappé des paroles de sa maîtresse ; il étoit ivrogne de son métier, et aimoit la bonne chère : il s'appliqua, pendant le voyage, à mortifier ces deux penchans, et le passa

dans le recueillement et la prière. Arrivé
au terme de son voyage, il ordonna
aux domestiques qui l'accompagnoient
d'aller l'attendre à l'auberge ; et, sans
se donner le temps de changer d'habit,
il courut à la place publique, où on lui
dit qu'on tourmentoit quelques chrétiens. Il s'approcha de l'un d'eux, qui
étoit sur le chevalet : là, sans considérer le péril auquel il s'exposoit, il
l'encourageoit, par signe, à demeurer
ferme. Il en fit tant, qu'il fut aperçu.
Le juge lui ayant demandé s'il étoit
chrétien, il répondit avec courage ; et,
sur le refus qu'il fit d'adorer les idoles,
il fut tourmenté sur-le-champ, et ensuite
conduit en prison avec les autres con-
fesseurs. Le lendemain on les ramena sur
la même place, où on leur coupa la tête.

Cependant ceux qui avoient accom-
pagné saint Boniface le cherchoient par
tous les cabarets, et disoient entr'eux
que sans doute il s'y amusoit à faire la
débauche. Comme ils le dépeignoient
en demandant de ses nouvelles, ils ren-
contrèrent le fils du geolier, qui leur
dit qu'assurément l'homme qu'ils cherchoient avoit été arrêté la veille, et

qu'on venoit de lui couper la tête. Ils
avoient si mauvaise opinion de Boniface, qu'ils ne daignoient pas même
suivre le jeune homme qui les invitoit
à l'accompagner dans le lieu où étoient
les corps des martyrs. Quelle fut leur
surprise, lorsqu'ils reconnurent le
saint martyr ! Après lui avoir demandé pardon du mauvais jugement
qu'ils avoient porté de lui, ils envelop-
pèrent son corps, qu'ils payèrent bien
cher, dans les riches étoffes qu'ils avoient
apportées, et reprirent le chemin de
Rome. Lorsqu'ils en approchoient, Aglaé
qui étoit en prière, entendit une voix qui
lui dit : Celui qui étoit votre domestique
sur la terre, est à présent concitoyen du
ciel ; il approche, recevez-le avec honneur. L'arrivée du corps du martyr lui
donna l'explication des paroles qu'elle
avoit entendues : elle fit bâtir un oratoire où elle le déposa, et consacra le
reste de ses jours à la piété : elle y fit
même de si grands progrès, que Dieu
daigna la manifester en lui accordant
le don des miracles.

LE CALVINISTE.

Voilà, Mesdames, comme l'on berce

les papistes avec des contes de bonnes femmes, des voix, des miracles, et le tout pour leur faire croire des romans sans notoriété. N'est-il pas sûr que le don des miracles n'a pas continué après les apôtres ?

MADEM. BONNE.

Non, Monsieur, cela n'est pas sûr ; il est de la dernière certitude que les miracles ont continué jusqu'au temps où le christianisme a été protégé par les puissances. Tertullien, dans son Apologie pour les chrétiens, présentée aux empereurs, se fait gloire de la continuation des miracles. Croyez-vous que saint Ambroise, saint Augustin, et plusieurs grands hommes qui rapportent ceux dont ils ont été témoins eux-mêmes, ayent été gens à se repaître de contes de bonnes femmes, ou à nous donner, comme vrais, des romans ?

MISS DOROTHÉE.

Les historiens qui nous ont transmis les actes des martyrs méritent bien autant de foi que ceux qui ont écrit l'histoire profane.

Madem. BONNE.

Aussi, messieurs les beaux-esprits qui ont leurs raisons pour établir un pyrrhonisme universel, n'ajoutent pas plus de foi au récit des derniers qu'à ceux des auteurs ecclésiastiques ; selon eux, il n'y aura de sûr que ce qu'ils auront écrit. Si on les en croit, il n'y a eu qu'un très-petit nombre de martyrs.

Lady LOUISE.

Je les ai entendus raisonner, ou plutôt déraisonner sur cet article. Passionnés pour les empereurs païens qui ont paru philosophes, ils ne peuvent digérer qu'ils ayent été des persécuteurs. Selon eux, l'établissement de la religion chrétienne est une affaire toute naturelle. La loi de l'Evangile est spécieuse, utile au bon ordre de la société en plusieurs points, quoiqu'outrée en d'autres. Quelques fanatiques enthousiastes donnèrent leur vie pour cette loi ; la multitude, échauffée par ces exemples, les suivit. D'abord on méprisa les chrétiens qu'on confondit avec les juifs, puis on en fit mourir quelques-uns, mais en petit nombre , et non comme chrétiens., mais en leur imputant des crimes. Enfin, Constantin qui étoit un habile homme, voulant s'assurer l'Empire qui lui étoit disputé par des concurrens, feignit de vouloir être chrétien , pour attirer dans son parti ceux qui professoient le christianisme.

Le CALVINISTE.

Je confesse avec douleur que ce que vous venez de dire n'est que trop vrai. On a voulu exiger trop de foi ; elle a péri chez tous les gens qui n'étoient pas d'humeur à adopter les fables des papistes : ils ont confondu des vérités respectables avec ces fictions pieuses.

Madem. BONNE.

Ce n'est pas de notre sein , Monsieur, que sont sortis les philosophes incrédules : il est aisé d'être chrétien quand on est catholique ; mais il est impossible qu'un protestant qui a de l'esprit et qui combine, le soit véritablement. En disant : il est impossible que Jésus soit renfermé sous l'hostie , multiplié, vous avez appris aux philosophes à

dire : il est impossible qu'un Dieu se
soit incarné, qu'il ait pris notre nature.
On peut soumettre l'esprit d'une soumission sans bornes à tout ce que
Dieu a révélé; mais il est impossible de
mitiger la foi à certains articles, elle
disparoît au moment où elle cesse d'être
universelle. Aussi le protestantisme
a-t-il amené le déïsme (contre son intention à la vérité) ; mais l'effet, pour
être involontaire, n'est pas moins réel.

BELESPRIT.

J'en ai été un triste exemple. Elevé
chrétiennement, je n'aurois jamais été
déïste, matérialiste, si on n'eût attaqué
ma foi par les fondemens. La constance
des martyrs pendant une si longue suite
d'années, les grands miracles que Dieu
a faits pour les soutenir dans les tourmens, sont une preuve frappante de la
divinité du christianisme : ajoutez-y les
lumières et la sainte vie de ceux qui
l'ont enseignée, prêchée après les apôtres.
On me nia les miracles et la constance
des martyrs; il falloit pour cela ranger
tous les Pères parmi les imposteurs du
premier ordre : l'édifice de ma foi

n'étant appuyé sur rien, croula de lui-même.

MADEM. BONNE.

Je suis bien éloignée, Monsieur, de croire que tous les protestans connoissent les conséquences nécessaires du système de religion qu'ils ont établi : je le répète ici, je connois parmi eux un grand nombre de gens affectionnés au christianisme ; ils gémissent avec nous sur les progrès de l'irréligion sans en démêler la cause ; mais elle est telle que je l'ai dite.

LADY LOUISE.

J'ai touché au moment de devenir pis que M. Belesprit, et il n'y avoit point d'alternatives pour moi entre être athée ou catholique. Je défie tout homme de bon sens de se tenir entre ces deux extrémités. Aussi mon parti est-il pris depuis long-temps, et demain j'aurai le bonheur de recevoir le baptême à la tête de toute ma famille. En me faisant chrétien, je suis catholique. Je ne crains ni la haîne de ceux de ma nation, ni les brocards des protestans. Que pourroient-ils dire de moi, qu'ils n'ayent

VI.   11

dit des plus grands hommes? Il est doux d'être baffoué en si bonne compagnie. Et vous, Mesdames, quel parti prenez-vous?

LADY LOUISE.

J'ai recueilli dans mon esprit quelques difficultés sur tout ce qui a été dit, et j'ai besoin d'éclaircissement. Supposez que les morts pour lesquels on prie, soient en enfer ou dans le ciel : à quoi servent les prières qu'on fait pour eux?

MADEM. BONNE.

Saint Augustin fut consulté sur le même sujet, Madame, et voici ce qu'il répondit l'an 420 :

« Quand on offre le sacrifice de l'au-
» tel, ou qu'on fait des aumônes pour
» les défunts baptisés, ce sont des
» actions de grâces pour ceux qui sont
» très-bons; ils servent de propitiation
» pour ceux qui ne sont pas très-mé-
» chans; et quoiqu'ils ne servent de
» rien à ceux qui ont été très-méchans,
» ils donnent quelque consolation aux
» vivans. » Dans un autre écrit du même temps, adressé à saint Paulin, évêque de Nole, il dit que tout ce qu'on

fait pour les morts ne leur sert que
selon qu'ils ont vécu ; puis il ajoute :
« Nous lisons dans les livres des Ma-
» chabées , que l'on a offert des sacri-
» fices pour les morts ; et quand nous
» ne le lirions en aucun endroit des an-
» ciennes écritures , ce n'est pas une
» petite autorité que celle de toute
» l'Eglise qui paroît en cette méthode ;
» car la recommandation des ames a
» lieu , même dans les prières que le
» prêtre fait à Dieu devant l'autel. » Et
dans le même écrit il dit que le lieu de
la sépulture , qui est en soi indifférent ,
sert par occasion , « si une mère fidelle
» désirant que son fils soit enterré dans
» la basilique d'un martyr , croit que
» son ame est aidée par les mérites du
» saint ; car cette foi est une espèce de
» prière , et sert au mort , s'il est en
» état qu'elle puisse lui servir ; et quand
» la mère y vient ensuite , le lieu même
» excite à prier avec plus d'affection. »

LADY LOUISE.

Je suis satisfaite sur cet article : la foi
de l'église romaine sur la prière pour les
morts , et sur la foi aux mérites des
Saints , est celle des premiers siècles ;

saint Augustin dit que c'est une *coutume :* or ce mot signifie une chose qu'on fait depuis long-temps.

M. A D E M. B O N N E.

Je n'ai pas fini, Madame. Voici comme ce grand Saint continue : *Cela étant, ne croyez pas que rien profite aux morts dont nous prenons soin, si ce n'est les sacrifices solemnels que nous faisons pour eux, soit à l'autel, soit par nos prières et nos aumônes, quoiqu'ils ne servent pas à tous ceux pour lesquels on les fait; mais seulement à ceux qui, pendant leur vie, se mettent en état d'en profiter. Mais parce que nous ne les discernons pas, il faut les faire pour tous les régénérés; car il vaut mieux que ces secours soient superflus à ceux auxquels ils ne peuvent ni servir ni nuire, que s'ils manquoient à ceux auxquels ils servent, et chacun le fait plus soigneusement pour les siens, afin qu'on en use de même à son égard.*

M. D E BONNEFOI.

Permettez-moi de vous citer encore saint Augustin sur un autre point contesté, quoiqu'on en ait parlé amplement.

Voici ce qu'il dit pour réfuter l'erreur de certaines gens qui croyoient qu'on pouvoit être sauvé par la seule foi, sans les œuvres : *Les baptisés n'arriveront point à la vie éternelle par la seule foi, s'ils ne se convertissent effectivement, et ne font de bonnes œuvres*; et sur le culte de Latrie il dit :

« Le culte de Latrie et le sacrifice ne » sont dus qu'à Dieu seul. Le vrai sacri-» fice est celui du cœur, par lequel » nous nous offrons en union au sacri-» fice de Jésus-Christ : ce que l'église » célèbre aussi par le sacrement de » l'autel, connu par les fidèles. » Il dit ensuite que quand on offre le sacrifice pour les Saints, ce n'est pas à eux qu'on l'offre, mais à Dieu qui les a faits saints et martyrs, et qui les a honorés, dans le ciel, de la société des anges, pour lui rendre grâces de leurs victoires, et nous exciter à les imiter par son secours.

MADEM. BONNE.

Si ma mémoire eût été assez bonne, j'aurois rapporté un grand nombre de passages aussi positifs sur les points contestés; mais ils m'ont échappé, et ce

que j'en-ai dit est suffisant pour marquer
ce qu'on croyoit dans la primitive église.
Par exemple, en voici un qui me revient.
Saint Augustin écrivit à la prière de
saint Simplicien évêque de Milan, et
dans cet ouvrage il marque les motifs
qui le retenoient dans l'église catholique;
et ce sont ceux qui suivent :

« Le consentement de la plus grande
» partie des peuples ; l'autorité com-
» mencée par la foi des miracles, nour-
» rie par l'espérance, augmentée par la
» charité, affermie par l'antiquité ; la
» succession dans le saint siége de saint
» Pierre ; le nom de *catholique* tellement
» établi, que si un étranger demande où
» est l'église catholique, aucun héré-
» tique n'ose lui montrer ni son église,
» ni sa maison. »

M. De BONNEFOI.

Voici un autre passage sur l'Eucharistie. Il est de saint Gaudence, dans un
sermon qu'il prononça aux nouveaux
baptisés pendant la semaine de Pâque,
l'an 395 : « Dans l'ombre de la pâque
» légale on immoloit plusieurs agneaux,
» un dans chaque maison, car un seul
» ne pouvoit suffire à tous. Mais dans la

» vérité où nous sommes, un seul est
» mort pour tous, et c'est le même qui,
» en chaque maison de l'église, dans le
» sacrement du pain et du vin, nourrit,
» étant immolé, vivifie ceux qui le
» croient, et sanctifie ceux qui le con-
» sacrent. C'est la chair de l'agneau ; c'est
» son sang. Le même créateur et seigneur
» de la nature, qui tire le pain et le vin
» de la terre, fait encore du pain son
» propre corps, parce qu'il le peut et
» qu'il l'a promis ; et celui qui de l'eau
» a fait du vin, fait du vin son sang. »

MADEM. BONNE.

En voici assez et plus qu'il ne faut
pour ceux qui ne fermeront pas volon-
tairement les yeux à la lumière. J'ai rempli la promesse que je vous avois faite,
Mesdames, en vous prouvant que l'église
n'a rien innové, et qu'elle ne fait que
conserver la foi qu'elle a reçue des
apôtres, et qui s'est perpétuée de siècles
en siècles. Réfléchissez mûrement sur ce
que vous avez entendu, et souvenez-
vous que ces conférences seront les pièces
de votre procès, quand vous paroîtrez
devant votre redoutable juge. S'il vous
survient quelques difficultés que je n'aie

pu prévoir, vous me trouverez toujours prête à vous répondre : la bonté de la cause que j'ai défendue, et que je défendrai jusqu'au dernier soupir de ma vie, suppléera à la médiocrité de mes talens.

FIN DU TOME SIXIÈME ET DERNIER.

PREMIÈRE DÉCLARATION

DE L'AUTEUR.

Je réitère ici la protestation que j'ai faite en plusieurs endroits de cet ouvrage, de le soumettre, ainsi que tout ce que j'ai écrit et que je pourrai écrire, au jugement de la sainte Église catholique, apostolique et romaine, dans laquelle je veux vivre et mourir, étant prête à rétracter et condamner tout ce qui pourroit m'être échappé de contraire aux dogmes qu'elle enseigne.

SECONDE DÉCLARATION

DE L'AUTEUR,

Adressée aux Protestans.

Cet ouvrage devroit avoir été dicté par le seul désir de plaire à Dieu et de procurer sa gloire; j'avoue qu'outre ce motif que j'ai tâché d'avoir, il y en a eu un autre un peu plus naturel. J'ai

11 *

long-temps vécu avec les protestans de
diverses communions ; j'ai reçu d'eux
des services essentiels ; je leur dois le
nécessaire philosophique dont je jouis
aujourd'hui ; je ne suis pas née ingrate.
Le zèle que tout chrétien doit avoir
pour le salut de ses frères, a donc dû
recevoir un nouveau degré de vivacité
des sentimens de gratitude que leurs
bienfaits doivent avoir fait naître dans
mon cœur.

Parmi les protestans que j'ai connus
d'une manière particulière, j'ai admiré
les plus heureuses dispositions naturelles:
de l'humanité, de la charité pour le pro-
chain, une grande horreur du mal : j'ai
gémi bien sincèrement de voir tant de
biens en pure perte. Dieu sait que le sacrifice de ma vie ne m'auroit rien coûté,
si j'eusse pu, à ce prix, leur procurer
le précieux don de la foi. Cette disposition, que j'ose dire habituelle, m'a
fait examiner avec soin quels étoient
les obstacles à leur retour à l'Eglise.
J'ai découvert avec ravissement qu'ils
étoient bien diminués depuis un demi-
siècle. Le bon sens a déjà ramené les
protestans à la foi des dogmes qui firent

autrefois les principaux motifs de leur séparation. Je puis assurer qu'en vingt ans de séjour et de familiarité avec nos frères errans, je n'ai trouvé qu'un seul calviniste ; les autres détestent cordialement les dogmes des réformateurs sur la grâce, la prédestination, le mérite des œuvres. Je n'en donnerai qu'un seul exemple, sans pouvoir me rappeler si je ne l'ai déjà point cité quelque part. En le supposant, qu'on me pardonne la répétition en faveur de ceux qui liront ceci, et qui ne connoissent pas mes autres ouvrages.

Milady Hilsboroough, mère de celle qui parle dans mes ouvrages sous le nom de lady Méry, étoit une Dame qu'on pouvoit présumer avoir conservé l'innocence du baptême, tant ses mœurs étoient pures. Elle n'avoit pas fini son sixième lustre, lorsqu'une mort prématurée l'a ravie à sa famille, et déjà elle étoit revenue de tout ce qu'on appelle goûts de jeune femme. J'ai eu l'honneur de l'enseigner pendant cinq ans ; et dans nos longues conversations elle préféroit toujours les sujets graves, et qui pouvoient servir à lui donner les lumières

nécessaires pour bien élever les enfans.
Un jour lady Méry, qui n'avoit que
cinq ans, m'ayant entendu dire qu'une
pauvre femme que je connoissois iroit
se coucher sans souper , faute d'avoir
un morceau de pain, me donna une
pièce de six sols qui composoit tout son
trésor , en me disant qu'elle l'avoit
destinée à acheter un ruban , mais
qu'elle pouvoit mieux s'en passer , que
la pauvre femme, de pain. Comme
cette femme n'existoit pas , je portai
ces six sols à Milady , qui le lendemain demanda à la petite si elle avoit
beaucoup d'argent. L'enfant lui ayant
répondu qu'elle ne possédoit pas un
liard , sa maman lui donna une pièce de
douze sols. Lady Méry fit une exclama-
tion, en disant : Madame de Beaumont
ne m'a pas trompée , en me disant que
Dieu rendoit le double de ce qu'on donnoit aux pauvres : j'ai donné six sols
hier au soir, il m'en envoie douze aujourd'hui. Ce n'est pas le tout, mon enfant , lui dit Milady : outre cette récompense temporelle , Dieu vous en
garde une autre qui est bien meilleure ;
car pour ces six sols que vous avez don-

nés aux pauvres, il vous accordera le
ciel : je ne pus m'empêcher de sourire
et de dire. Je prie Milady de me donner un écrit signé de sa main, par lequel elle attestera que ce n'est pas moi
qui apprends ce catéchisme à sa jeune
Dame ; et pourquoi cette précaution, me
demanda Milady tout étonnée ? C'est,
lui répondis-je, qu'on m'accuseroit d'en
vouloir faire une papiste ; car nous
croyons que les bonnes œuvres unies à
celles de Jésus méritent et acquièrent
la vie éternelle. Eh! qui sont les chrétiens qui ne croyent pas cela, répondit
Milady ? Tous ceux des églises protes-
tantes, et les anglicans, dis-je. Oh! cela
ne peut pas être ! Y auroit-il un seul
chrétien assez osé pour donner un démenti à Jésus-Christ? N'a-t-il pas dit
expressément, *qu'un verre d'eau froide
donnée à son nom, auroit le centuple
en cette vie, et la gloire éternelle en
l'autre?* Quand tous les hommes assemblés nieroient cette vérité, j'aimerois
mieux en croire Jésus-Christ qu'eux.

Je pourrois ajouter mille exemples à
celui-là, pour prouver que les protestans d'aujourd'hui sont revenus à plu-

sieurs des dogmes de l'Eglise romaine.
Qui les empêche de se réunir entièrement?

1°. L'indifférence du culte. On leur
a persuadé que Dieu ne nous jugeroit
pas sur ce que nous avons cru, mais
sur ce que nous avons fait ; et tel ministre, qui ne cesse de prêcher cette
tolérance universelle, diroit à un protestant qui voudroit se faire catholique,
qu'il va commettre le péché contre le
Saint-Esprit. Je ne l'invente pas : cette
sentence a été prononcée, à Genève, à
une personne que je connois.

2°. La cause de la perpétuité du
schisme est l'ignorance. Les protestans,
sur-tout en Angleterre, ne connoissent
pas les dogmes de leur communion ; et
parmi ceux qui les savent, nul ne les
croit. Je ne suis pas orthodoxe, me
disoit la fille d'un ambassadeur ; mais
ce n'est pas ma faute, je ne pourrois le
devenir sans être athée tout de suite.

Il y a bien des erreurs dans notre
communion, me disoit en 1767 un
honnête Suisse, sur-tout par rapport à
la prédestination ; je déteste cette façon
de penser. Avouez aussi de bonne foi

qu'il y a bien des erreurs dans votre Eglise. Je lui niai le fait ; car une Eglise où il y auroit des erreurs ne seroit pas celle de Jésus-Christ. Il ne sentoit pas cette conséquence. Le troisième obstacle à la réunion est donc l'ignorance des dogmes des catholiques. L'honnête homme qui me tenoit ce discours, ignoroit que le fondement de la foi des catholiques est la promesse solemnelle de Jésus, qui a promis de rester avec son Eglise jusqu'à la consommation des siècles. Or, Jésus ne peut compatir avec l'erreur.

Enfin, le dernier obstacle à la réunion est la prévention. On croit aveuglément toutes les calomnies qu'on débite contre l'Eglise romaine, pour parler à la protestante, et le ton décisif avec lequel elles sont prononcées ne permet pas de les examiner.

Réunir tous les chrétiens dans une même communion, c'est le vœu de tous les honnêtes gens dans toutes les communions ; mais on est bien éloigné d'être d'accord sur les moyens de faire réussir ce projet. Il faut, me disoit un ministre, que chacun cède quelque chose de son côté. Mais si la promesse de Jésus-Christ est accomplie, l'Eglise dans laquelle il a toujours été ne peut rien céder qu'aux dépens de la vérité. Je crois avoir trouvé un moyen plus efficace.

Il faudroit d'abord examiner, si l'indifférence du culte et la tolérance universelle sont fondées sur la parole de Dieu, sur l'Ecriture.

Il faudroit 2°. se bien instruire de sa propre religion, et voir ce qu'on a cru, et ce qu'on croit à présent dans la réforme.

3°. Il seroit nécessaire de savoir aussi ce que croyent les catholiques; mais la justice demande qu'on ne s'en rapporte pas à cet égard aux témoignages des ministres. C'est dans la décision des conciles, c'est dans nos catéchismes qu'il faut chercher notre foi.

Enfin, il faudroit examiner si les objets de notre foi sont nouveaux, et s'ils ont été crus dans les quatre premiers siècles de l'Eglise, temps dans lesquels les protestans ont reconnu que la foi étoit pure.

De toutes les personnes qui pouvoient

se charger de proposer l'examen de ces quatre articles, j'ose dire que personne ne pouvoit le faire aussi bien que moi. Premièrement, parce que je ne suis ni savante, ni théologienne. Secondement, parce qu'ayant vécu long-temps avec les protestans ; je suis au fait de la seule controverse dont on puisse se servir aujourd'hui. Troisièmement, c'est qu'ils sont faits à mon style, à mon langage.

Ce n'est pas , comme le lecteur judicieux peut en juger , l'orgueil qui m'a persuadé que j'étois plus propre à traiter cette matière qu'une autre personne ; puisque la première raison qui me le fait croire, c'est que je suis ignorante. Un docteur auroit beau vouloir se rapetisser à la taille de ses lectrices , il lui échapperoit malgré lui du grand , du beau , du savant, et ce seroit du grec pour les trois quarts des personnes pour lesquelles j'écris. Je n'ai nul effort à faire pour me mettre à leur portée, c'est mon état naturel ; je ne pense rien, je n'écris rien, qu'une personne de bon sens, sans étude, ne puisse écrire et penser : je ne sais que mon catéchisme , mais je le sais bien ; je sais tout aussi bien celui

des protestans (je les rapproche tous
de l'Evangile, et c'est lui qui décide).
Mon style est celui d'une femme qui
s'exprime dans une conversation fami-
lière avec des amis faits à l'entendre de
longue main ; mes ouvrages précédens
y ont accoutumé un grand nombre de
personnes. Enfin je n'ai point de fiel
contre ceux à qui je parle, excepté deux
sortes de gens ; je n'ai jamais senti l'ai-
greur. Les uns, ou plutôt l'un (car je
le répète, je n'en ai jamais trouvé qu'un
seul), c'est un vrai calviniste : celui-là
anéantit la divinité à mes yeux, et j'ai
peine à me contenir avec lui. Les seconds.... oh ! les seconds n'ont rien à
faire ici, ils trouveront aisément leur
remède avec celui des autres.

Me lira-t-on ? ce sera le plus petit
nombre : il sera plus court de dire que
l'ouvrage est mauvais, pernicieux, que
de me réfuter. C'est à vous que je m'a-
dresse, messieurs les ministres ; si j'ai
avancé quelque chose de faux, démas-
quez-moi, la charité l'exige ; peut-être
quelques-unes des ames confiées à vos
soins seroient-elles en danger, si vous
ne le faisiez pas ; et quand il n'y en auroit

qu'une, la chose en vaudroit bien la peine. Si j'ai tronqué, mal traduit les passages des Pères, couvrez-moi de la confusion que je mérite; mais si je n'ai rien ajouté à ce qu'ils ont dit, avouez que la foi de l'Eglise romaine est telle aujourd'hui qu'elle l'étoit dans les premiers temps, et qu'on ne peut, sans calomnie, l'accuser d'avoir innové.

Et vous qui fûtes et qui serez toujours les premiers objets de mon zèle; vous que j'ai instruites avec tant de peine dans la morale du christianisme, regardez cet ouvrage comme la plus grande marque d'attachement que je puisse vous donner. Que penseriez-vous de moi, si, par des vues d'intérêt, de réputation ou autres, je ne m'efforçois pas de vous désabuser des erreurs que je crois incompatibles avec votre salut éternel? Quand mes idées à cet égard seroient fausses, il suffit que je les aie pour justifier mon entreprise. Que risquez-vous en me lisant? Si je ne prouve point, si je prouve mal, je vous aurai procuré l'avantage d'être affermies dans la foi de la communion dans laquelle vous êtes nées, vous serez ce que vous êtes en consé-

quence de cause ; mais souvenez-vous,
en me lisant, que la foi est un don de
Dieu, comme je l'ai dit dans le cours de
cet ouvrage, et qu'ordinairement il en
fait la récompense des mœurs pures.

De l'Imprimerie de P. GUEFFIER , rue du Foin-
Saint-Jacques , n°. 18, à Paris.

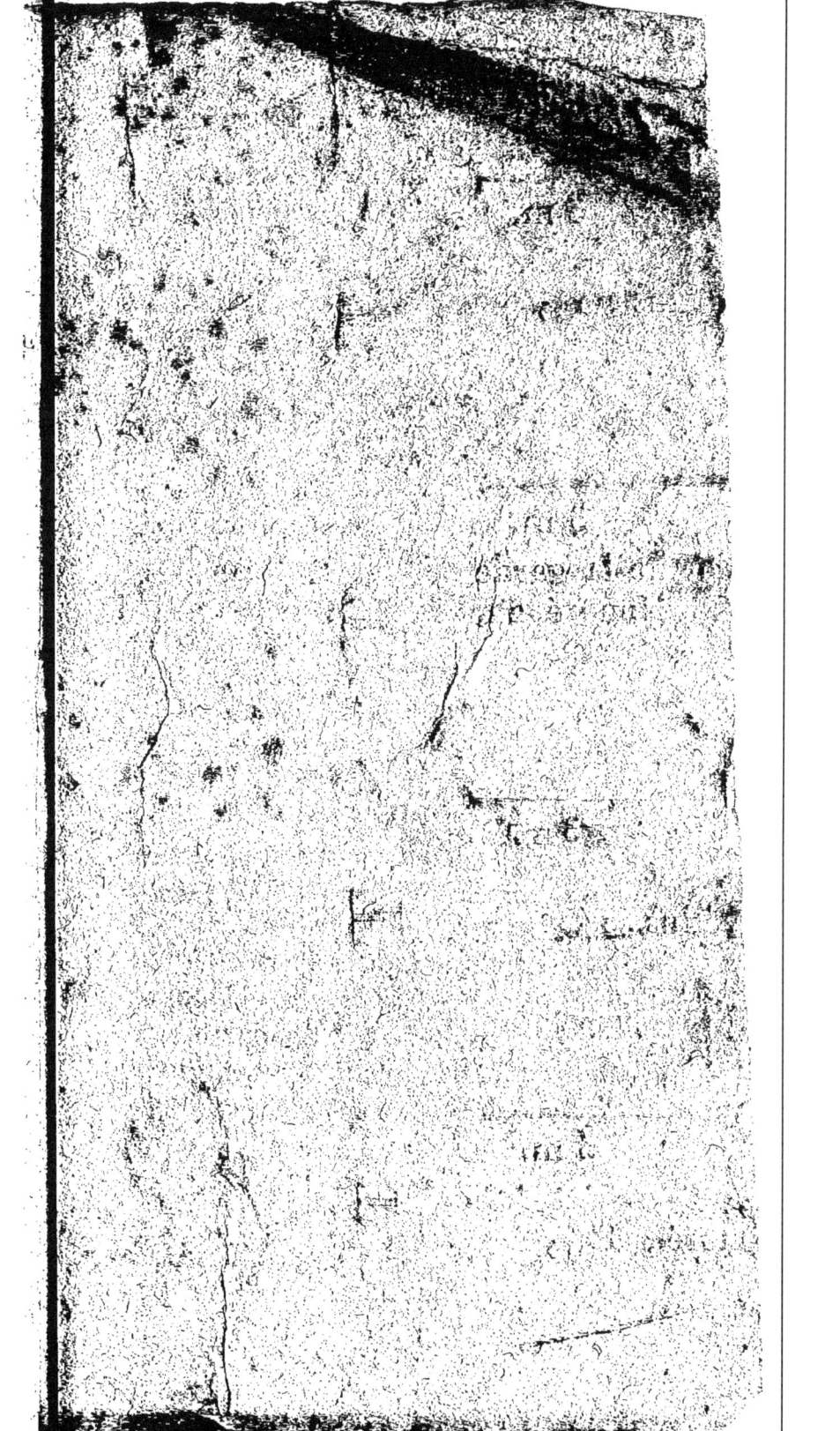

.

www.ingramcontent.com/pod-product-compliance
Lightning Source LLC
Chambersburg PA
CBHW070458030726
47503CB00004B/1092